機動戰士鋼彈

閃光的哈薩威

〈上〉

富野由悠季

插畫／美樹本晴彥

RX-105
Ξ GUNDAM

三鋼彈

馬法提・納比尤・艾林祕密
向月球表面的複合企業亞納海姆電子公司訂製的最新型MS。
因配備米諾夫斯基推進器，可在大氣環境飛行。
並能以光束防護罩減輕空氣阻力，在維持MS型態的狀態超音速飛行。

Mobile Suit GUNDAM Hathaway

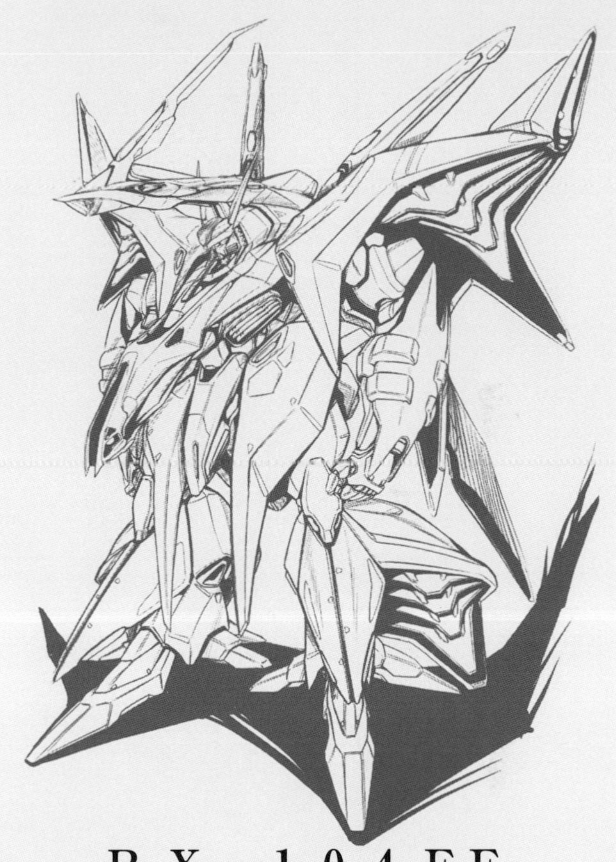

RX-104FF
PENEROPE

佩涅羅珀

配給聯邦軍對抗馬法提部隊的金伯利部隊（後改名為喀耳刻部隊），
配備米諾夫斯基推進器的新型MS。
高推力的米諾夫斯基推進器使本機可在大氣環境靈活運用，
並能發射感應砲飛彈。

mechanical data base

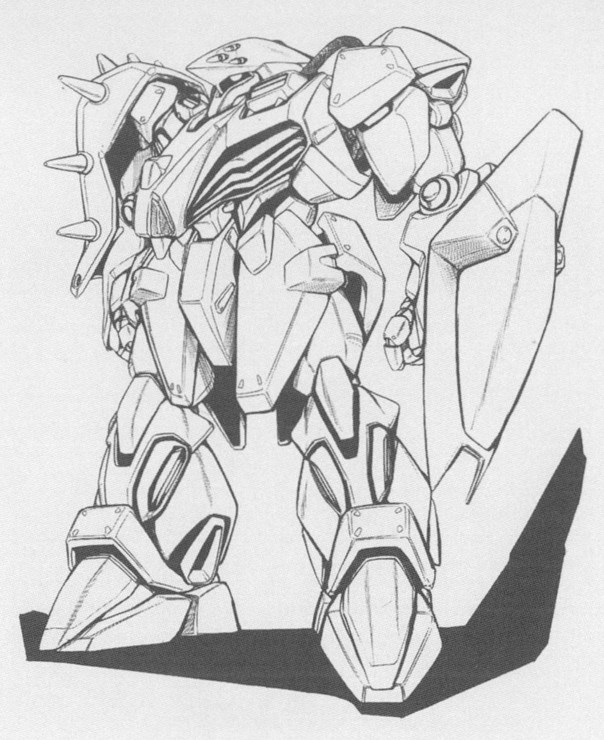

Me02R
MESSER

梅薩

馬法提使用的量產型MS。
是款配備重型裝甲的MS，保留許多吉翁軍的設計思維。
主攝影機為單眼樣式。
右肩為攻防合一的帶刺肩甲。

Mobile Suit GUNDAM **Hathaway**

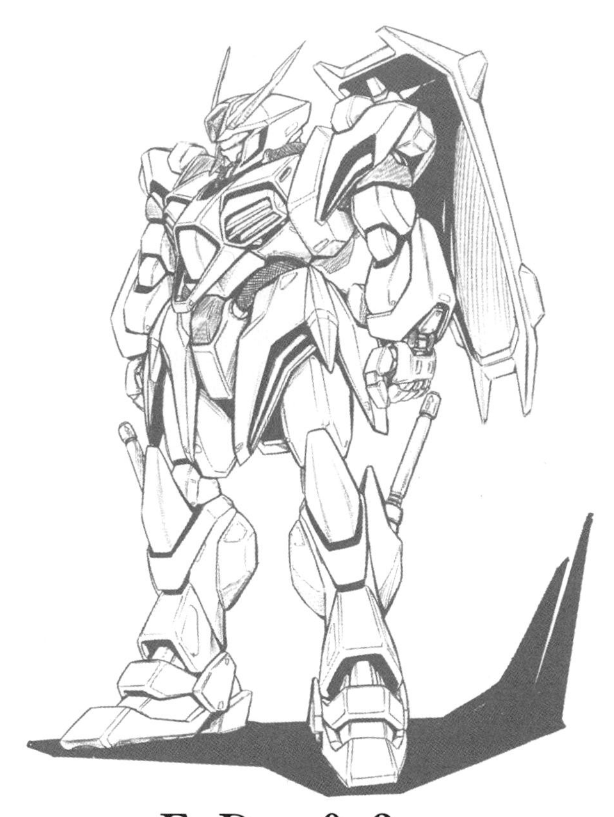

FD-03
GUSTAV KARL

古斯塔夫・卡爾

聯邦軍金伯利部隊的主力MS古斯塔夫・卡爾。
繼承吉姆與傑鋼等過往量產機設計思維的泛用機種。
在大氣環境需要配備輔助飛行系統（SFS）。

mechanical data base

登場人物介紹

哈薩威·諾亞——布萊特·諾亞與米萊·諾亞的長子。因在「夏亞叛亂」中殺害葵絲·帕拉亞的罪而感到痛苦。

琪琪·安塔露茜雅——搭乘開往香港的太空梭，豪森的少女。搭乘目的不明。

肯尼斯·斯萊格——地球聯邦軍的軍官。因接任對抗馬法提部隊而搭乘豪森。

雷恩·艾姆——隸屬於地球聯邦軍的年輕駕駛員，負責駕駛最新型ＭＳ佩涅羅珀。

愛梅拉達·祖賓——反地球聯邦政府運動團體「馬法提」的駕駛員。

加烏曼·諾比爾——反地球聯邦政府運動團體「馬法提」的駕駛員。

伊拉姆·馬薩姆——反地球聯邦政府運動團體「馬法提」的機械技師。

光田健二——反地球聯邦政府運動團體「馬法提」的聯絡員。

米赫莎·漢斯——反地球聯邦政府運動團體「馬法提」的聯絡員。

夸克·薩爾瓦——使用「庸醫」的代名詞當成假名的男人。

金伯利·海曼——肯尼斯前任的對抗馬法提部隊司令官。

亨德利·翼贊——刑事警察機構長官。搭乘豪森。

蓋斯·Ｈ·休格特——調查局部長。負責偵訊劫機案相關細節。

阿馬達·曼森——哈薩威的植物監察官與指導教官。

Hathaway
Mobile Suit GUNDAM

機動戰士鋼彈

閃光的哈薩威

〈上〉

富野由悠季

插畫／美樹本晴彥

Kadokawa Fantastic Novels

目錄

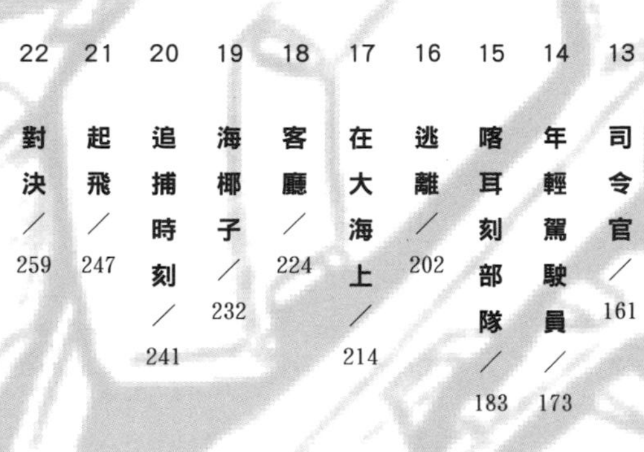

序

究竟是誰說時間能夠沖淡一切呢？

說出這句話的，想必不是生性樂天，就是知曉真相和絕望有多麼可怕的人們吧。甚至可以說，無論是哪一種人，所謂的言語總是帶著多重意義與曖昧不清，並不會傳遞真相給人們。

然而，透過言語傳遞的這個故事，即使是一段在許多時代傳頌的故事，我仍認為有必要持續流傳下去。

正因為有人世間的悲傷，有所謂的人世間存在，才會產生的哀戚……

這些哀戚之所以誕生，是人類存在本身這種單純到可怕的結構壓迫所致。儘管期望獲得幸福，卻總是讓幸福溜走的人類真的很可悲。

如果本作當中登場的人們，只能夠夢想著有朝一日能夠擺脫這一切，當然會令人不禁想要怒吼：這樣根本是人的悲劇。

序

時代來到宇宙世紀（Universal Century），人類經歷了幾個世代，來到甚至將生活圈拓展到月球軌道的時代……

生活空間擴大，讓人們相信開闢了一條道路，得以拯救遭到人類汙染的地球。儘管地球無法重生，卻顯現出能漸漸延長其壽命的徵兆。

然而與廣大宇宙相比，儘管擴大的生活空間只是無比渺小的一步，但在更加微小的種族範圍內，人類卻從未停止階級鬥爭，種族鬥爭和地區鬥爭等行為。

更有甚者，誤以為擴大生活空間的人類，因為不同層級、不同地區、不同思想而積極加深了種族內部的對立。

當然，在地球上生活的時代因為空間有限，到了後期，人們因為知曉地球已經處於極度壓迫的狀態而停止對立，經歷了彼此與內部分裂共存的平穩挫折時代。

然而宇宙移民成功之後，人類彷彿想起遭到壓抑、抹煞的本能。領域的擴張應當包含了新的鬥爭種子吧。

人類前進宇宙，或許更加解放這樣的本能。

歷史翻轉……

人就是這麼愚蠢嗎？

當挫折到達極限，必將創造對立，並產生強烈攻擊性的恐怖行動。
儘管我們可認定這並不合理，然而這種說詞無法消弭人類物種的挫折。
因為原則上，言語會擴散於宇宙之中……

西元一九八八年十一月五日
作者

1
琪琪

「不好意思……」

「啊，好的……」

肯尼斯・斯萊格上校先打了三個呵欠，才輕喚坐在隔壁的隔壁位子上，年齡約莫二十多歲的青年，接著起身。

青年原本正在用自己的電腦讀書，先對肯尼斯露出爽朗的微笑，接著將電腦放在腿上起身。

儘管處於無重力環境，但任意從座位上方翻越還是會招致其他乘客不快，再加上今天這艘宇宙船豪森上的乘客，有一半都是特權階級。

要是在這些人面前表演太空游泳，肯尼斯的升遷機會將輕易消失。雖然值得慶幸的是這裡沒有統管軍方的官僚，不過結論仍是相同。

肯尼斯邊以眼角餘光看著一位正在討好傳聞少女的地球聯邦政府部門長官，邊前往位在座艙後方的洗手間。

這艘豪森號三六五航班上約有四十多位乘客，以及五名機組員。若非有特別關係，或者支付大筆金額，一般人無法搭乘此特別航班。因此只要搭乘這艘航班，無論到哪個太空殖民衛星，甚或是地球，皆能免去出入境的檢查手續。光是能搭上這艘航班，就足以保證乘客的身分。

而且說到能夠直飛地球的航班，除了軍機之外，就只有這班豪森了。

肯尼斯身邊的青年態度光明正大，應該是來自有特別關係的家族，可惜多少仍是有點跟這艘航班搭不上邊的客人。至於部門長官正在討好的青少女給人輕浮的感覺，很難說是有氣質的客人。

「……記得她叫琪琪．安塔露茜雅吧……」

上完洗手間的肯尼斯站在鏡子前，想起男性乘客之間竊竊私語的少女名字。

整理好西裝衣領，再次心想自己因為覺得這種衣服正面總是涼颼颼的，不怎麼喜歡。但還是不禁認為自己很帥。

〈要是金伯利好好做事，我也不用這麼趕啊。〉

肯尼斯如此心想。

地球聯邦宇宙軍自「夏亞叛亂」之後便不再有實戰機會。然而面對不存在假想敵的情況，毫無意義持續開發新型ＭＳ的肯尼斯，雖然因為久違的實戰機會湧起鬥志，但是的確不喜歡在地球值勤。

即使如此，他仍自認還算年輕。

自稱馬法提．艾林的團體發起的反地球聯邦政府運動，在地球上愈演愈烈。肯尼斯是在十天前，將算是自己部下的測試駕駛員雷恩．艾姆，連同新型ＭＳ佩涅羅珀，派發給負責掃蕩馬法提．艾林的金伯利部隊。

然而在那之後，上頭的命令是要肯尼斯前往接任金伯利部隊的指揮官一職。

這是前天發生的事。

為此，肯尼斯利用軍方的力量，搭上這艘能最快抵達地球的航班。

可是他卻在這艘航班與地球聯邦政府的部門長官們同行，並重新體認到這些傢伙有多麼下三濫。

〈就算他們被馬法提．艾林宰了也沒什麼好埋怨吧。〉

肯尼斯甚至這麼想。

他重新打好領帶，忍不住心想茱莉為什麼會跟這樣的好男人分手。

他們離婚還不滿兩年。

肯尼斯離開洗手間，看了休息室一眼。

約有三組部門長官夫婦正拿著酒杯在談笑。除此之外還看到三位高級官僚正在打電腦遊戲，看起來更顯寂寞。

肯尼斯於是回到座艙。

「⋯⋯⋯⋯嗯？」

原本在琪琪．安塔露茜雅的座位跟她搭話的部門長官已經不見人影。

肯尼斯於是飄到位於他的座位前一排，那位傳聞中的少女座位旁邊瞄了她的腿上一眼。正好見到她膝上的電腦螢幕飄過幾張圖片。

少女留有一頭能完全蓋住肩膀的金色透亮長髮，睫毛也閃著同樣的清澈光輝。

如果她的肌膚顏色跟白人相同，或許會給人臉孔不易辨識的感覺，但因為她的膚色有著東方人的細緻加上拉丁人的色澤，反而加強了透亮金髮給人的印象。

肯尼斯雖然是個典型軍人，卻不如外表那樣嚴肅。

即使如此，也是因為少女帶著吸引男人的氛圍，肯尼斯才會輕易找她搭話。

於是乎，儘管會招致夫人們不悅，但是在這班豪森上的男士們仍前仆後繼地找少女搭話。

「方便打擾嗎……？」

「……是。」

少女似乎沒有嚇到，但本人不期待的男性聲音仍讓她露出驚訝的表情。

少女抬臉時的速度可謂優雅，肯尼斯儘管有些訝異，卻也覺得合理。

「……不好意思，我想找個人聊聊天。」

如此說道的肯尼斯為了自己的說詞面露苦笑。心想對方還只是個孩子啊。

肯尼斯的害臊或許表現在臉上了吧。他看到少女似乎原本想笑，卻馬上變回平常的表情，凝視肯尼斯的眼。

這是肯尼斯第一次被初次見面的少女這樣凝視眼睛。更重要的，少女轉瞬間變化多端的豐富表情，吸引了肯尼斯。

「可以坐在這裡嗎……？」

機上所有乘客都知道，這一排三個座位只有她一位乘客。

「不要太久的話。」

少女的回答很明確。

「……唔？只要不打擾太久就沒關係的意思嗎？」

「是的，可以給你幾分鐘。」

這種說法並不會讓人感到不快。

「那就這麼辦。我是聯邦軍的肯尼斯·斯萊格。」

肯尼斯一邊自我介紹，一邊移動到座位坐下。

「你的官階差不多是上校嗎？」

少女並不打算關掉腿上的畫面，只以透亮的眼盯著肯尼斯的動作。

「妳在看什麼？」

「繪本。你看。」

少女展示的螢幕上面顯示電腦繪製的美麗圖畫，正在反覆著流暢的動作。那是兩隻兔子追蝴蝶的童話動畫，至於圖畫下方有幾行文字。

「……這個故事很流行嗎……？」

「這應該是古典童話吧，我不太清楚。只要我喜歡，是什麼都好。」

「喔～」

肯尼斯還來不及感慨，少女已經切換畫面了。

「你看，很可愛吧？」

現在的畫面顯示兔子和狐狸正以活潑可愛的動作繞著邊框跑跳。中央則有一隻兔子被關在花瓣打造的牢籠裡哭哭啼啼。

「內容很豐富呢……」

正當肯尼斯專心看著螢幕時，少女突然提起完全不相關的事。

「既然你是軍人，我想請教一下。你覺得馬法提・納比尤・艾林怎麼樣呢？」

「啊……？」

這個唐突的問題讓肯尼斯望著少女的雙眼。肯尼斯在這毫無脈絡的對話之中，知道少女帶著明確意志，並看到她不符合外表的堅強一面，不禁緊張起來。

「……妳是指哪個方面呢？」

儘管盡可能保持冷靜回答，但這個名字的確是肯尼斯前往地球的主要原因，因此不禁顯得動搖。

「沒什麼……我只是以很普通，就像現在的你我這樣，只是偶然巧遇的人聊天時順口問一下的感覺……？」

儘管少女因為自己這種兜圈子的說法忍不住笑了出來，仍不改她明確說出想說的事。肯尼斯覺得這種果斷的態度很好。

「有什麼好笑的……？」

「因為……上校就是為了處理馬法提．艾林的問題，才要去地球吧？」

肯尼斯認為她這樣一邊露出笑容，一邊看清交談對象立場的切入方式並不一般。

「……妳……」

「我是琪琪．安塔露茜雅。請不要像剛剛這樣稱呼我……」

「啊，抱歉。我就不問妳是為什麼這麼推測了。」

見肯尼斯這樣慌張，少女並未收斂臉上淡淡的微笑。甚至有餘力同情肯尼斯如此手足無措的狀態。

「妳別笑我……我多少知道自己是情感過剩的人……但是因為妳這樣的少女，再次讓我體認自己的問題，確實有點受到打擊。」

肯尼斯的一整句話還沒說完，少女便彷彿忘了肯尼斯一般，再次專注在電腦螢幕

在肯尼斯說完的瞬間，那雙眼睛稍稍瞥了過來，以眼神詢問：「要回答我的問題嗎？」

肯尼斯看出少女眼中的意圖，明明自己比對方年長，卻稍微慌了。

「……關於馬法提……他是危險分子，擾亂地球聯邦政府秩序之人。」

「官方是這樣認定的，但民間似乎都很歡迎馬法提呢。電視播出許多特別節目，討論馬法提是不是阿姆羅．雷，或者夏亞．阿茲那布爾重生，並且替人們做了他們想做的事情喔？」

琪琪忘記自己的腿上放著終端機，轉動上半身導致終端機浮起。這時肯尼斯伸手按住終端機，將之推回琪琪身邊。

「……啊，謝謝。」

琪琪以單手將電腦放回腿上，彷彿又忘了自己提的問題，再次欣賞螢幕畫面。

「……他太極端了。馬法提在暗殺了聯邦政府重要官職的人們之後，宣告為了找回乾淨的地球，必須實施讓所有人類離開地球的政策。妳不覺得說出這種話的組織很孩子氣嗎？」

肯尼斯感覺自己的說法總算能與少女抗衡──

「只不過，有時候小孩子的邏輯才是正確的。」

少女又立刻話鋒一轉。

「他考慮得不夠周詳，這個世界沒有這麼簡單就能改變。」

「……嗯……我明白大人的道理……但是高高在上的人，真的都很偉大嗎？」

最後一句話不好大聲說，少女於是轉身貼近肯尼斯，以微弱的聲音悄悄開口。

「……這個……確實有貪汙，夾帶私情等事……不能說都是清廉正直……」

「你怎麼看待這些狀況呢？」

肯尼斯儘管知道這時少女的眼中閃爍著光輝，還是反射性地回答：

「……算是社會的潤滑劑吧。」

「原來你只會按照既定模式說話啊。」

聽到少女「噗嗤」一聲，肯尼斯無法反駁，因為他知道自己確實都以一些很表面的話語與少女交談。

「還有，我想糾正一件事。你剛剛雖然用『馬法提暗殺政府要員』這種說法，但駕駛ＭＳ殺人算是暗殺嗎？」

「不……應該算無差別攻擊吧。」

「這也不對吧？他並非無差別攻擊，而是鎖定地球聯邦政府的內政長官，以及位居要職的人們。馬法提可是有著明確的目標喔？」

肯尼斯說不出話來。

琪琪再次以雙手將電腦螢幕放在腿上，切換畫面。

肯尼斯覺得，琪琪所謂的「不要太久的時間」已經結束了。

「……不好意思。儘管有點超時，最後我想徵詢一下妳的看法。」

「我覺得很可愛喔。」

琪琪先是微微偏頭，立刻轉回去面對螢幕。

「妳是說馬法提．納比尤．艾林這個組織很可愛？」

「對。與其關注他們的組織名稱是以蘇丹語、阿拉伯語和古愛爾蘭語組成，不如說其實很難唸，根本不像個名稱。」

琪琪彷彿背誦似的開口，眼睛仍沒從螢幕挪開。

「哈哈哈……說得也是……」

肯尼斯雖然想再多問一點少女的感想，但他也自知對方已經不太歡迎自己，於是便離開座位。

肯尼斯經過有著文青風格的青年面前，回到自己的座位坐下，看著身旁青年——

心想：為什麼這個人這麼駝背啊……

2 休息室

當透過座艙窗戶往外看，已經無法一眼望盡窗外地球的整體輪廓時，就是這趟旅途最後一次用餐的時間。

用餐的騷動結束後，琪琪．安塔露茜雅飄往後方的休息室。

「…………」

坐在肯尼斯旁邊的青年雖然瞥了少女一眼，但他不像其他男士那樣，表現出對少女的關心。

「…………嗯？」

青年這樣的態度反倒引起琪琪的興趣。琪琪在通往休息室的艙門前，轉頭看向青年，讓幾位內政長官夫人緊張了一下。

這些熟齡夫人毫不客氣地以帶著輕蔑的好奇眼神，觀察琪琪的舉動。

「……這些大人啊……」

2 休息室

夫人們在她看向青年時投以很有意見的粗魯眼光，琪琪按捺住想吐口水的念頭。

她很清楚自己的立場，也覺得能置身於這樣的局面是件很爽快的事情。

〈妳們的丈夫都會不約而同前來休息室啊……〉

如此心想的琪琪前往休息室裡的電腦遊戲區。

過不了多久，座艙內即轉變成如同琪琪推測的狀況。

聯邦政府的內政長官像是說好的一樣，接連從座位起身前往休息室。接著是長官夫人們聚集到座艙中間位置附近，私下吵鬧地說起琪琪的八卦。

雖然長官夫人們平常並不熱中於這類不入流的話題，然而無重力封閉環境帶來的壓力，導致她們想為情緒找個宣洩出口。

「……不覺得那位少女的名字很沒品味嗎？那個名字……」

「我從之前就這麼認為了。為什麼男人都喜歡追著年輕女性的屁股呢？我想這應該會是永遠存在的哲學問題。」

「因為我們在場，那些男人已經算是比較節制了吧？……他們還會說不禁懷疑彼此在想些什麼之類的。欸，不覺得說這種話很失禮嗎？」

「明明我們也在場，難道是年紀的關係？男人總會說不知道自己在做什麼……？」

跟肯尼斯坐在同一排的青年，可能認為暫時迴避夫人們一面竊笑一面談論的內容比較好，所以悄悄起身離席。

青年身穿灰色外套搭配灰色格紋襯衫，簡單打著領帶，搭配舊牛仔褲。這樣的穿搭雖然很適合他，但在這個座艙裡，難免有太過輕便的感覺。

然而青年很有氣質的面貌，帶著一種即使身在這個座艙也不奇怪的氛圍。

休息室略顯昏暗的燈光照在深綠色天鵝絨牆面，打造出沉穩的奢華空間。天花板上有著雖是仿造，卻精緻得有如真品的木雕橫樑，令人不禁誤會這裡是有重力的空間。

〈真是奢侈。〉

青年輕聲嘆氣，在入口左邊的吧檯坐下。

「請問要點什麼？」

在吧檯後方，年約三十歲的酒保一邊估量青年的年紀，一邊以平淡語氣詢問。

「如果說給我一杯熱牛奶，是否會挨揍呢？」

「不會的……當然可以。請問真的要嗎？」

「對不起，我說笑的。請給我野火雞威士忌加冰……」

「好的……」

酒保稍微露出苦笑。他本來是空少，只是在這個時間來吧檯支援。

〈……哎呀呀，對象全都是聯邦政府內政長官嗎？〉

青年看向內政長官們在休息室最裡面圍著琪琪談笑的景象，感到無奈。

這裡聚集了地球聯邦政府中央議會主要成員當中大約六分之一的成員。

這班豪森上雖然也有幾位民間人士搭乘，但他們看到內政長官都來到休息室，因此特意迴避了吧。

「……琪琪小姐的意見算是反對聯邦的喔？」

「是這樣嗎？只是個普通女人或小孩的見解罷了，但並不代表這一切都很膚淺。歷史已經證明過，有時候大眾的共同意見正是事實。」

待在吧檯的青年削瘦臉上一直掛著微笑，聽著琪琪述說天真的論調。

酒保將附有吸管的杯子送到青年跟前。

「謝謝……在這個航班上工作應該很辛苦吧？」

「是啊，畢竟搭乘的都是些大人物。」

「我想也是。我只是搭機都覺得肩膀好緊繃。」

青年拿起附吸管的杯子，準備飲用波本威士忌。

「不過……光是能搭上這個航班就很好了，不是嗎？」

酒保看向青年，再看往圍繞在琪琪身邊的一群人之後開口。

「也不盡然吧。說穿了，我也是靠著父親的關係才能搭乘，沒什麼好炫耀的。」

青年看起來是真心這麼認為。

「不過依然很好，畢竟可以前往地球。」

「是這樣沒錯。這樣的身分仍有著各種方便，我並非是在抱怨。」

結果酒保似乎因為跟這位年齡相近的青年比較合得來，於是便開始閒聊。

「您為什麼要前往地球呢？」

「算是所謂的植物觀察官候補人員，雖然還在實習期間……」

「那可是具備特權的好工作呢，可以大搖大擺地在地球上自由來去。」

「是啊，是很不得了的特權。」

青年笑了，露出溫和討喜的笑容。

除了以琪琪為中心的內政長官團體之外的其他空位，在休息室左右兩側牆壁的背景螢幕顯示的大海與森林景象之前，都顯得相當突兀。

「……地球聯邦政府應該是真心想要消滅馬法提吧？各位應該知道媒體紛紛表示這

樣的作為絕非正確吧？」

琪琪強硬的聲音，讓青年和酒保再次往那個方向看了過去。

「畢竟他可是暗殺集團的首腦，必須處以極刑。這就是聯邦政府的看法，妳也很清楚吧？」

「那麼為什麼媒體會贊同馬法提的作為呢？」

「琪琪小姐，那都是假象，只是些地下媒體和低俗出版品散播的誇大不實內容。」

「是這樣嗎？即使如此，但是壁報或是塗鴉全都寫著馬法提．艾林是救世主！新人類再現！馬法提會淨化地球聯邦政府！之類的內容。無論在宇宙殖民衛星或是月球上，盡是這類言論呢。」

「那麼，妳認為我們這些地球聯邦政府的內政長官，看起來有邪惡到非得剷除不可的地步嗎？」

面對琪琪正經八百的抗議，一位內政長官以儘管語帶戲謔，同時認真地以要她面對現實的態度回應。

「……妳不覺得部分支持馬法提的人其實錯了嗎？」

「正是因為我不清楚所以才在這邊請教，不是嗎？」

琪琪將手滑過另一位內閣長官大腿，如此詢問。

「……真有一套。」

酒保低聲告訴青年。

「為什麼她會在這個航班上？」

青年如此問道。

「因為是某個高官的情婦啊。」

「這麼年輕？應該還不到二十歲吧？」

「大概吧。不過以我在這個航班的工作經驗，還算滿常遇到這種狀況。」

「……她的家族背景不足以讓她能搭乘這個航班吧？」

「當然了……啊，請您別讓別人知道我說過這種話。」

「畢竟你是空少吧。真是辛苦了。」

青年刻意大笑，避免那些高官認為他們在說什麼悄悄話。酒保也配合青年的笑，刻意發出笑聲。

之後兩人又隨口聊了一下，負責休息室服務工作的另一位工作人員這才從後方的艙門進來。

2 休息室

「這個梅絲．弗勞爾，每次只要去駕駛艙就會待很久呢。」

酒保看向走進來的金髮女性，對著青年低語。

「您總算來休息室了啊？」

金髮女性以厚實的雙唇，對青年露出美妙的微笑。

「是啊……畢竟我的身分只是一般大眾，在這種地方實在無法好好放鬆。」

青年聳了聳肩開口。

「看起來不像就是了。」

金髮女性恭維地開口，並喝了一口水。

「我去座艙點餐。已經是最後點餐時間了吧。」

「差不多了。」

酒保看了一下吧檯底下的時鐘，點頭表示同意。

3
肯尼斯

「您醒了嗎？」

梅絲・弗勞爾最後來到肯尼斯・斯萊格的座位，以夾子夾起濕毛巾遞過去。

「謝謝。」

「請問需要點心或飲料嗎？」

肯尼斯用濕毛巾擦了擦臉之後點餐：

「……請給我波本威士忌加冰，讓我醒醒腦。」

金髮女性先是露出微笑，接著離開前往休息室。

肯尼斯折好收在腳邊的毛毯，將之放到前方座位的下方，眺望散發鮮豔藍色的地球雲朵細節。

〈……要說她有冷漠的一面嗎……該怎麼形容呢……〉

肯尼斯也只有短短的時間，能這樣思考有關琪琪的事。

「請用。」

梅絲送來附有吸管的杯子。肯尼斯邊道謝邊接過杯子，突然發出無聲的笑。

「請問有什麼問題嗎？」

梅絲先是瞥了胸前一眼，接著問道。

「沒什麼，只是想到自己的刻板印象，覺得很好笑而已。」

在這種狀況下，肯尼斯的態度會轉變成平常那種略顯冷酷的軍人形象。

「是這樣嗎……？」

「說穿了，我只是察覺自己喜歡妳這種類型的女性。」

「哎呀，請問這是什麼意思呢？」

「如果沒有好好說明，妳可能會誤解我這個人抱有人種歧視的觀念，所以我就不詳細解釋了。只是覺得金髮也分很多種。」

「哦，原來是這種嚴肅深奧的事。」

金髮女性大大地聳了聳肩，露出非常襯托紅色唇妝的微笑。

肯尼斯的前妻是個會要求丈夫在婚姻中不斷說「我愛妳」，同時高聲表示參加小孩的運動會也是父親義務的白人女性。從肯尼斯的角度來看，他很想說在照顧家庭之前，自己是個駕駛員，但一路都忍耐過來了。雖然最終還是走上離婚這條路，但肯尼斯認為自己仍然喜歡金髮白人女性。

儘管這種感情有一部分建立在人種觀念的基礎上，肯尼斯卻覺得這不是可以簡單用人種加以區分的狀況。

而是更偏向個人喜好的問題。

肯尼斯欣賞琪琪．安塔露茜雅這位少女的部分，是琪琪這個人本身，而不是她的感性。即使在理性層面能夠接受，也是很直覺的，而非生理方面。

光是她這個人存在，肯尼斯就會感覺到壓力。

這個狀況只能用存在的力量來解釋……

若要更進一步說明，在肯尼斯見過琪琪之後，他覺得應付那種要求他說幾百萬遍「我愛妳」的普通女性輕鬆得多了。

「嗯……心情很難以言語形容，畢竟不是陳述觀念……我也曾見過各式各樣的人，並且跟很多人共事過。不過我才剛感覺到的，是我更喜歡像妳這種外貌的女性。我現在的心情就是這樣。」

「這是即將邁入中年的……嗯，追求方式嗎？」

「若妳聽起來像這樣也沒關係。呃……」

肯尼斯發現自己不記得眼前這位金髮女性的名字，不禁緊張起來。她穿著空服員制服時雖然胸前有配戴名牌，但因為現在負責服務乘客所以沒有。

「……梅絲．弗勞爾。」

「弗勒爾？」

「不，是弗勞爾。」

「妳來自哪裡？」

「這個說法簡直就像是警察呢。所以我才不喜歡在這個航班上工作。您是剛好要前往地球嗎？」

「沒這回事，我這次有一半是去度假的。妳之後應該能請假吧？」

肯尼斯說謊了。

「這是在邀約我嗎？我在降落地香港有間房子，應該會回去整理庭院吧。」

「喔……看來妳過得還挺不錯的，是來自哪個SIDE？」

「……我不喜歡太空。我似乎可以感覺得到類似地心引力的微弱力量，也覺得這樣比較好。」

儘管肯尼斯無法理解梅絲的話中含意，但他仍處在比較放鬆的情況，覺得比起琪琪，自己更喜歡梅絲。

「如果有時間，想跟妳見個面。」

「這個嘛……年齡增長真的這麼難受嗎？」

梅絲靠著椅背換個話題，但肯尼斯並不覺得不快。因為梅絲也需要時間考慮。

肯尼斯先是吸了一口吸管才回答：「並不是這樣。」

「為什麼呢？」

「這個嘛……比方說，即使跟像妳這樣的美女說話，也不會臉紅緊張。這狀況倒是挺有意思的。青少年時心裡會小鹿亂撞，感到煎熬，最後仍什麼事都沒有發生……比起那時候，現在這樣好多了。」

「只不過有人因為我小鹿亂撞，我會比較高興喔。」

「那是因為嘗過初戀滋味的妳，還留有當時的理想。我已經知道現實不是這樣。」

「呵呵呵……說得真好呢。」

梅絲看到青年走過艙門，以眼神示意「失陪了……」之後，與青年擦身而過。

「對不起，打擾兩位了……」

3　肯尼斯

這是青年第一次跟肯尼斯搭話。

「不會……」

儘管肯尼斯心想「這人到底是何方神聖？」，仍邊欣賞窗外流過的地球景象，邊用吸管啜飲波本威士忌。

身旁的青年打開個人電腦沒多久，休息室的乘客全部返回座艙。

肯尼斯隔著座椅默默看著琪琪．安塔露茜雅有如在諸位紳士保護之下，進入座艙的模樣。

〈看到那些下三爛內閣長官，真的不禁想贊同馬法提的作為啊。〉

肯尼斯再次思考這些內政長官和馬法提之間的關係。

他本人是活在組織框架下的大人，而且因為無法跳脫，所以才成為軍人。

〈如果能夠自由自在生活，我也會成為馬法提的同伴吧……〉

這應該是多少有些自我意志的人都會有的感慨吧。

然而一般人為了保護自己的生活就要費盡全力，如果找到可以活下去的方法，應該就會依賴這些方法活下去。

一般人沒有機會接觸地球聯邦政府的內政長官或其他高官，更重要的是他們的生活沒有餘力去應付政治這種曖昧不清的事物。

以這點而言肯尼斯也是相同，他只是因為喜歡ＭＳ，所以才從軍。

結果就是他不覺得像這樣可以盡情接觸自身喜好的生活有多糟糕。

對他而言，人形兵器ＭＳ是他真心可以投注情感的對象。

在「夏亞叛亂」時，肯尼斯也以第一線駕駛員的身分投入作戰，並有過近似狂喜的經驗。

只要駕駛誠懇，機器就會乖乖回應，也是唯一不會背叛肯尼斯的存在。

所以他才能做到今天。

〈說得也是……剛好因為琪琪這個人在場，我才想起這些不舒服的事，對我而言女人只不過是妨礙……〉

肯尼斯如是心想。

4
劫機

豪森一邊繞著人工衛星軌道盤旋，一邊在大氣層表面彈跳似的減速，在濃厚的大氣層裡調整機身狀態下降。

儘管已經不若太空殖民衛星時代之前那樣劇烈搖晃，但在這段時間，機上乘客仍必須回到座位上安靜坐好，並且忍受些許震動。

對於習慣太空飛行的人而言，在大氣層內飛行只會徒增不安，因此大多數住在宇宙的人們，也就是宇宙居民都不喜歡。

「因為所謂的空氣會流動啊，比在太空中麻煩得多。」

肯尼斯等一干專業駕駛員，都是這樣評論在地球的飛行。

在真空環境這樣均等的空間，只要沒有遇到障礙物，就可以平穩飛行。這是在太空活動的駕駛員都具備的基本飛行概念。

肯尼斯瞇起眼睛，從一萬公尺的高度往下俯瞰湛藍海面，並一邊推敲機體的震動究竟是怎麼回事。

因為若不想點事情，機體震動的聲音會干擾他的神經，讓他無法忍受。

「………唔？」

他兩次看著窗外，心想「好像有奇怪的東西飛過去」。那個東西從下方滑進來，往上方飛去。

「看起來是老式機體……」

肯尼斯只有這樣程度的認知，但當外表看似相同的輪廓再從上方往下經過窗外時，他的心裡萌生不祥的感覺。

「……哎呀……」

一道有點傻的聲音從前方傳來。來自那位少女——琪琪。

「……那是什麼？」

坐在肯尼斯旁邊座位的青年如此問道。

這是青年第二次積極地找肯尼斯攀談，青年的雙手確實抓好電腦終端機。

「……咦？」

肯尼斯不明白琪琪的聲音和青年的問題所指為何。

就在此時，座艙突然「碰！」劇烈震動搖晃。

「呀啊——！」

「喔喔！」

大人們發出慘叫。

安全帶陷進肯尼斯的大腿，還看到一位夫人的身體撞到天花板後落下。

「……衝擊波嗎！」

肯尼斯認為這是來路不明的機體通過時產生的超音波，造成豪森搖晃的狀況。機體搖晃雖然過了一會兒後平靜下來，但那種細微的持續震動卻沒有停止的跡象。

「到底是什麼？」

「振作一點！」

雖然座艙中央傳來這些聲音，但肯尼斯專注觀察窗外。機艙側邊的小窗戶視野非常狹窄，看不到在外面的機體。

「看起來像是基座承載機……」

「是哪邊的飛機？」

隔壁的青年問道。

「不知道……過來了！」

肯尼斯雖然看到另一架機體從斜前方繞到後面，但那看似基座承載機的扁平機體完沒有任何所屬單位的標示。全部漆成深綠色的機身還可以看到鏽斑，加上機頭的觀景窗也沒有擦拭的痕跡，看起來沒怎麼接受保養。

「小心，衝擊要來了！」

肯尼斯對著座艙大叫。

「怎麼回事？」

「雖然是異常接近，但看起來是刻意為之。」

「刻意為之？」

青年移動到肯尼斯隔壁的位置。

「空少，告知狀況！」

肯尼斯轉頭面向座艙後方，以軍人的語氣開口。

「……啊……？」

青年靠往窗邊，肯尼斯再次確認之時，窗外機體一角已經消失在豪森後方。

「看樣子是想跟著這班豪森。」

肯尼斯站起身來。

「這樣沒關係嗎？」

肯尼斯不管青年的詢問，來到座艙通道。

碰！碰咚……！雖然衝擊波導致豪森上下左右亂晃，但肯尼斯抓緊兩側的座椅，穩住腳步。

不過其他客人就有沒這麼幸運，一位內閣長官彈向天花板。

「抓住那位女士！」

發出慘叫的中年夫人們根本聽不進肯尼斯的命令，剛才撞擊天花板的夫人身體再次浮起，然後掉落。

「空少！我要進駕駛艙！」

「肯尼斯上校！」

擔任酒保的青年本想從通往休息室的艙門制止肯尼斯，又連忙抓起牆上的對講機。

碰——！

一道衝擊再次傳來，肯尼斯抓緊座椅固定身軀不至於浮起。他確實是個受過相當訓練的軍人。

至於空少則是撞到天花板，甚至扯斷了對講機的線。

「嗚喔——！」

混合呻吟與慘叫的聲音充斥整個座艙。

「……是哪裡的機體？」

青年移動到肯尼斯的座位看向窗外時，來路不明的機體雖在後方稍微露出機翼，但馬上又打算跟隨在豪森後方。

『……這是劫機。雖然不確定敵方的意圖，但應該不會擊墜我們。請各位冷靜。』

豪森機長雖然透過機內廣播說明，但也就只有這樣。

「…………嗯？」

青年露出難以理解的表情，先是看著空少起身，又看到金髮女性為了方才撞到天花板的夫人，表情僵硬地帶著急救箱跑過通道。

「剛才的聲音是來自琪琪吧？」

青年看往琪琪座位的方向，但是以他依然繫著安全帶的狀態，其實什麼都看不見。

青年迅速回到原本的座位重新繫好安全帶，凝視蹲在走道上的金髮女性，只見她正打算把某位夫人從座椅扶手伸出來的粗腿推回座位方向。

前方通往駕駛艙的艙門處，沒有看到肯尼斯的身影。

「…………」

碰咚！

這次衝擊最是強烈，而且漫長。

「啊——！」

原本還在青年視野裡的金髮女性軀體從走道用力飛向寬敞的天花板，先是撞到天花板，接著像是側腹撞往座椅靠背一般墜落。

「呃……！」

金髮女性縮起身體，從這個椅背彈到另一個椅背，然後往青年的方向彈過來。

青年高舉雙手，儘管臉被金髮女性腹部覆蓋，仍然接住女性的身體。

「……唔！妳沒事吧……」

「嗯……還好……」

「妳還是坐著比較好。」

青年打算讓梅絲·弗勞爾坐在右邊的座位。

「嗚咳……」

大口喘氣的梅絲雖然在青年身邊坐下，但好不容易吹整的髮型凌亂不堪，臉頰也毫無血色。

「請繫安全帶……」

「說得也是。那個……謝謝你。」

梅絲以雙手碰觸自己的身體，確認有無異常之處。

「看起來只是撞到而已……」

梅絲把頭靠著椅背，瞥了青年一眼，青年卻沒空理她。

「……那些聲音究竟是什麼？」

青年有些在意從座艙後方傳來的聲音。

自從青年讓梅絲坐在隔壁，就一直聽得類似金屬碰撞的「喀嚓喀嚓」聲音。

「是後面的氣閘嗎？」

梅絲沒辦法從椅背上抬頭，直接詢問。

「可惡的馬法提，別鬧了！」

此話出自肯尼斯之口。

他走出連接駕駛艙的艙門，手握手槍打算前往休息室。

「上校，等一下。」

「愛因斯坦大臣！是馬法提．艾林，他們想要闖進來。」

坐在青年略後方位置的長官制止肯尼斯。

「若是如此，你該丟掉手槍。目前有相當多內政長官都在這個航班上。」

該名長官抓住肯尼斯上校的手腕。

青年一邊聽著兩人對話，一邊解開安全帶。

「那個馬法提正是打算劫走這班豪森。」

肯尼斯甩開長官的手，想從青年旁邊的走道前往休息室。

「在這樣的高空環境，怎麼可能！」

「目前高度已經低於六千公尺。而且這艘太空梭具備完善的氣閘，所以可以在不對座艙造成影響的狀況下入侵。」

當肯尼斯的聲音移動到青年身後時——

「就是這麼回事。肯尼斯上校！請你讓手槍擊錘歸位，把槍放在地上推過來！」

這道聲音似乎是從休息室的方向傳來。

「不要看。」

青年感覺到身旁的梅絲想挪動頭部，於是簡短說了一句。

「不要跟劫機的人對上視線比較好。」

肯尼斯走過青年身旁，往駕駛艙的方向後退。

「把槍交出來！」

發號施令的聲音聽起來有點悶。肯尼斯在青年身邊放下槍，推了過去。

青年沒有轉頭，而是直直盯著肯尼斯手臂的動作，以及他僵硬的表情，打算藉此推測身後劫機犯的下一步行動。

退後的肯尼斯也注意到青年這般有如動物的觀察行徑。

「…………嗯？」

肯尼斯舉高雙手，繼續往後退。

「上校，做得好。」

劫機犯撿起肯尼斯的槍，將之塞進腰部的彈鏈之間後，舉起右手的小型機槍對準肯尼斯。

「敬告各位聯邦政府內政長官，我是馬法提・艾林。」

如此宣告的男子聲音之所以沉悶，是因為他戴著萬聖節扮裝時會用到的南瓜面具。

5 哈薩威

南瓜面具邊悠哉觀察左右兩側的座位邊前進，肯尼斯背靠著通往駕駛艙的艙門，停下腳步。

南瓜面具來到青年與金髮女性梅絲．弗勞爾旁邊。

另一名戴著眼罩海盜面具的人跟隨在南瓜面具之後，跑來肯尼斯身旁，打開通往駕駛艙的艙門。

兩人雖都穿著皮夾克和牛仔褲，但腰上繫著堅固的彈鏈，甚至還配戴手榴彈。腰間手槍的握把因為經年使用而散發光澤。這些人是專家。

「……雖然對諸位內政長官和夫人非常抱歉，但各位應該已知曉我們會如何對待各位了吧。上校，你坐下！」

南瓜面具要肯尼斯在座艙第一排的位置坐下，眼罩海盜則轉身背對開啟的艙門。

「……然而這次的作戰方針與過往不同。我們並非想要各位的命，所謂的無差別攻擊也有其極限。此外我們身為反抗勢力，也是需要資金。這次就是為了調度資金而發動作戰。我會利用各位的性命，從地球聯邦政府手中換取資金。一旦這個目的達成就會釋放各位。至於其他一般民眾，只要願意支付符合身分的贖金便可獲釋。」

因為南瓜面具在嘴巴的位置有開洞，所以這番話聽起來沒有那麼模糊，但在這種情況下，萬聖節的扮裝道具的確能夠發揮恫嚇他人的效果。

接著似乎有其他劫機同夥從座艙後方進入。青年聽到空少遭到毆打的呻吟。

戴著魔女面具與另一名眼罩海盜面具的人走向駕駛艙，駕駛艙艙門似乎也開啟了。

眼前的艙門半開，南瓜面具為了避免艙門關上，於是用身體將其頂住。

這些劫機犯之所以配備輕機槍，是為了避免在狹窄的座艙裡損傷船體本身。

「請饒我一命！求求你了！」

這樣的哀號從老婦人之間傳出。

「不要叫！煩死了！」

南瓜面具威嚇夫人們，座艙立刻安靜下來。

「很好……如果繼續維持這個狀態，各位應該可以保住性命。我們現在為了對應地球聯邦軍的壓迫，正於某處組織軍隊，因此我們需要錢。這是為了彼此都不要流下無謂的血，所以請各位協助……空少！」

「是、是的，名單在這裡。」

空少將檔案面板交給南瓜面具。青年看見空少的右臉頰浮現瘀青。

「嗯……你去那邊坐下。」

收下檔案的南瓜面具人，讓空少坐在自己前面的空位，開始閱覽檔案。

「……好，接下來要開始點名了。各位內政長官，不好意思，麻煩你們像是回去當小學生那樣，在叫到名字時舉手回應。」

南瓜面具透過面具上的洞環顧整個座艙，接連喊出內政長官們的名字。

當然了，就連長官夫人們也被要求舉手回應。

從馬法提的活動檯面化開始到現在已經過了半年，在這樣的時期，同時有這麼多聯邦政府中央內政長官會議成員搭乘同個航班的情況可謂異樣。

然而豪森航班的相關航行資訊，基本上就連軍方都不得而知，所以大家認為無論馬法提再怎麼神通廣大都無法動手，才會造成今天這個多名長官遭到挾持的局面吧。

「你們是怎麼掌握到這個航班的資訊？」

坐在南瓜面具旁邊的內政長官在點名還沒結束之前便如此問道。

「除了聽從我們的指示以外，不准提出問題！」

「可是我說你啊……畢竟我們也是處於調查你們組織祕密的立場……」

這種慢條斯理的說法，正是習慣了議會那種爾虞我詐的你來我往，才會採用的說話方式。而這也充分挑動了因為劫機而倍感緊張的劫機犯神經。

「少廢話！」

南瓜面具人輕扣手中機槍的扳機，彈殼在座艙裡飛舞。一切都發生在轉瞬之間。

「哦——！」

發出呻吟並站起身來的夫人右臉頰與肩膀都滲出鮮血。而她儘管起身來到走道，接著立刻暈了過去，整個人往另一邊的座位倒下。

「怎麼了！」

戴著魔女面具的男子從駕駛艙過來，詢問南瓜面具。

「只是處刑罷了，別在意。你們繼續跟香港聯絡，必須儘快通知聯邦政府我們的狀況和要求，並且取信於他們。」

「了解。」

「都給我聽好了！這是馬法提・艾林的所作所為，也忠告過各位不要忘記這一點。

還不可以起身！點名還沒結束！我可不在乎再殺掉一、兩個人！」

魔女面具一邊聽著南瓜面具怒吼，一邊鑽回駕駛艙。

南瓜面具再次看著名單——

「琪琪・安塔露茜雅。」

「有……」

細小的回應從座位間隙傳出。

「妳很年輕啊。為什麼能搭上這航班？」

連續提起馬法提這個名號的南瓜面具似乎看得見琪琪的座位。

「因為我有關係。」

「等等再跟妳問個清楚。哈薩威・諾亞……」

「有……」

坐在金髮女性梅絲・弗勞爾身邊的青年回應之後舉手。

「哈薩威・諾亞……？就是你？」

「是的……」

青年與南瓜面具四目相交，點了點頭。

「哈薩威……是那個哈薩威嗎？」

「我認為你的推論沒錯。」

青年明確回覆。

「這樣啊……我聽說你主張反軍隊、反智主義，但為什麼……不，算了，之後再說。現在先請你乖乖當個人質喔。」

南瓜面具最後這句話明顯帶著善意。

儘管如此，青年也沒有打算接受南瓜面具的作為。他甚至繃緊身體，縮起下巴。坐在青年旁邊的梅絲能看見這些小動作。儘管梅絲因為側腹帶來的疼痛持續呻吟，也看到青年的雙手雖然交握放在膝上，卻緩緩反覆著開闔動作。

「…………嗯？」

「把肯尼斯上校的雙手綁起來。」

南瓜面具命令堅守通往休息室艙門前的眼罩海盜面具。

「遵命……」

海盜面具明確做出軍隊式的回應。

「乘客共有二十二名，機組員五名，其中一人已經死亡。遺體隨便誰來收拾都行，處理一下。」

座艙沒有人回應這個要求。

「你們是同事吧？死的人是保健衛生大臣。快點……！」

聽到南瓜面具出聲催促，哈薩威．諾亞舉起手。

「……你可以嗎？」

「我自認過去在戰場上看過死狀悽慘的屍體……」

「嗯……老年人未納入計算嗎？空少，你去幫哈薩威。」

「好、好的！」

空少發出沒用的聲音起身。

哈薩威從空少身邊繞到前方，看向暈倒夫人旁邊的座位。

「下手真狠……」

哈薩威看著沾滿腦漿與血漬的座椅，以及因為臉部中了三發子彈而一塌糊塗的大臣臉孔，不禁蹙眉。

「我也是沒辦法，畢竟狀況緊急，你也看到了。」

南瓜面具對著哈薩威的背影開口。

聽著男子的反應，哈薩威覺得此人還滿好控制的。但是他也知道，在這個不知道對方有多少人的情況下，不能貿然採取行動。

「……空少，毛毯。」

哈薩威隨口給了空少指示，接著看向坐在同一排靠窗位置，閉上眼睛仰頭嘆氣的內政長官。

「我想要請這位大臣換個位子，可以嗎？」

哈薩威詢問站在走道上的南瓜面具。

「喂，科學技術大臣！站起來，你在那裡會礙事！」

原本仰著頭的大臣急忙起身，爬過前方座位的椅背，來到前面的座位，也就是琪琪旁邊的位子上。

然後哈薩威和空少開始執行在這個座艙裡最沒人想碰的差事。

等到他們處理完畢，暈過去的夫人剛好醒來，緊抓著毛毯裹住的遺體放聲大哭。

哈薩威收拾多餘的毛毯，打算遞給空少之時，聽到南瓜面具「啐！」的咋舌聲。

「夫人，我建議妳不要出聲。會被殺的。」

空少從哈薩威手中接過毛毯，放在後面一排靠走道的座位。

「既然我丈夫都變成這樣了，那我乾脆一死了之！」

哭鬧的夫人抓著自己的上半身大喊。

正當哈薩威感到不妙時，南瓜面具的手已經從背後推開哈薩威。

「我們討厭這種譬喻的說話方式喔。」

南瓜面具話音未落，已經用機槍槍口抵住夫人後腦杓，發出「碰砰！」的聲音。

光是這樣，就立刻讓座艙裡面安靜下來。

「你這傢伙！」

哈薩威忍不住轉動上半身，瞪著隔著南瓜面具的雙眼。

「有意見嗎！」

南瓜面具反射性退後，將槍口對準哈薩威。

「不如教訓一下這些冒用馬法提名號的騙子吧！」

少女的聲音明確地震撼南瓜面具與哈薩威。

「什麼？」

南瓜面具因為這句話而瞬間產生動搖。同時哈薩威也賞了他的下巴一記上鉤拳。

通路後方的海盜面具當然將槍口轉了過來。

哈薩威轉身扔出空少放在走道邊座位的毛毯，同時在走道上翻滾。

哈薩威頭上響起海盜面具的機槍槍聲與子彈命中毛毯的聲音。

就在這時，哈薩威使出掃腿踢向海盜面具的腿，並一邊看著槍口轉而朝下一邊往右邊滾去，避開彈道。

哈薩威接著以雙手撐住座椅的靠背，踩踏海盜面具的臉，並以腳跟壓制海盜面具拿著機槍的右手腕。

正在哈薩威身後準備起身的南瓜面具則是被肯尼斯上校撞了一下，把機槍壓在側腹底下，倒地不起。

哈薩威搶走海盜面具的機槍，隔著肯尼斯上校和南瓜面具將槍口對準通往駕駛艙的艙門。

「又要執行死刑了嗎？」

背對艙門的魔女面具轉身的同時，哈薩威也扣下扳機。

那個魔女面具儘管身體往旁邊倒下，仍然打算調轉機槍槍口。

哈薩威不管三七二十一撲了過去，衝進駕駛艙並打掉魔女面具手中的機槍。

當哈薩威宇與最後的海盜面具對上視線時，兩人之間大概距離六十公分。哈薩威以自己手中的機槍槍口敲向對方的機槍槍口，這個舉動讓對方瞬間失去戰意。

哈薩威用機槍槍口抵住對方的右胸並且說道：

「舉起雙手！通知僚機已經控制本機，讓僚機離開。」

「已經通知了……」

對方的英語不甚流利。

儘管肯尼斯上校的雙手仍被捆住，他還是拿起機槍，確認駕駛艙裡的狀況。

「結束了嗎？」

「…………唔！」

哈薩威以目光示意肯尼斯觀察窗外，並從男子肩上拿下彈鏈。

「果然是基座承載機，難道是買下軍方退役的機種加以利用嗎？」

此話是出自豪森機長之口。

「還有其他人嗎？」

哈薩威詢問肯尼斯。

「只有四個人。當他們接觸本機時，我有確認過了。」

「你是怎麼確認的？」

「他們登機的時候有說，然後我就一股怒氣上來。」

肯尼斯一邊讓拿來水果刀的空少幫忙割斷捆住手的束縛，一邊解釋。

副機長自備品裡取出備用電線，將哈薩威壓制的男性雙手反綁起來。

「快檢查機內狀況，動作快。」

機長命令空少。

「真沒想到竟然這麼順利。如果失敗了，你打算怎麼辦？」

「不怎麼辦。不是一起墜海，就是落得跟保健衛生大臣一樣的下場罷了。」

哈薩威一邊覺得腋下冒出的汗水涼颼颼的，一邊終於安心地嘆一口氣。

「總之先把這些傢伙綁在休息室吧。」

肯尼斯扛著機槍，先摘掉男子頭上的眼罩海盜面具後，把他推到座艙。

哈薩威心想事態完全平靜之前不應放鬆戒備，於是跟在肯尼斯身後，看著空少帶著一名普通乘客，以及另一位劫機犯前往休息室，並持續戒備。

「……上校！還有你是哈薩威．諾亞嗎？感謝兩位。」

坐在第一排座位的少女——琪琪．安塔露茜雅跟哈薩威四目相對，露出微微笑容。

看著少女的微笑，哈薩威這才想到正是因為有她那句出人意表的發言，事態才會進展得這麼順利。

「…………嗯？」

這讓哈薩威不禁懷疑，為什麼她知道這幫劫機犯假冒了馬法提・艾林之名呢？

這些人理應沒有露出任何馬腳才對。

可是琪琪・安塔露茜雅確實有叫道這些人不是馬法提。如此才能進展順利……哈薩威思考著這件事是否具有什麼意義。

6

正式降落

在劫機犯駕駛的基座承載機接觸豪森時，造成了機體受損。

當機長廣播告知將變更降落地點時，儘管引起座艙的騷動，但因為不規則的震動仍在持續，騷動很快平息，只留下沉重的不安支配座艙。

「……已經聯絡上大堡了。本機將於二十分鐘後降落在大堡機場。」

在機長不知道第幾次的廣播時，總算確定了降落地點。

「哎呀哎呀……不就是我接下來要到任的基地嗎……」

肯尼斯之所以會跟哈薩威．諾亞分享此事，應該是因為剛才一同完成艱困的任務，產生同伴情誼所致吧。

「為什麼？明明比香港還遠……」

「嗯，因為豪森的垂直尾翼狀況不佳。」

肯尼斯一邊確認救生衣的繫帶，一邊低聲告訴哈薩威。

「因為無法控制左右航向，所以航路被氣流往右帶偏了嗎？」

「正是如此。」

肯尼斯眨了一下眼便閉上雙眼，將頭靠在椅背的頭枕。

「諾亞兄……」

坐在隔著走道另一邊座位的內政長官挺起身子，戳了戳哈薩威的手肘。

「是……？」

此人是文化教育振興大臣，麥高文。

「你在夏亞叛亂時曾駕駛過ＭＳ吧？這架豪森沒問題嗎？」

大臣身旁的夫人露出不安的表情。她沒有發現丈夫的問題欠缺邏輯。

「我現在對飛機的了解並不多，尤其不熟悉太空梭……不過既然機長選擇降落大堡，那就沒問題吧。」

「這樣啊。說得也是……」

「我也正在求神保佑……」

「哦，這、這樣啊……」

豪森如同機長的告知，降落在大堡機場西側新鋪設的寬敞跑道上，座艙裡充滿開朗

「不會死啦，醫生馬上就會來了。」

哈薩威看到俘虜咬著的啣枚略微鬆開，有點擔心他們是否會咬舌自盡，但三名俘虜似乎都沒有那樣的意圖。

他們還很有活力，感覺不像是軍人。而且他們的眼神閃閃發光，能看出他們抱持為了某些特定目的這麼做的自信。

「妳的身體還好嗎？」

哈薩威看到梅絲．弗勞爾並未換下制服，就這麼站在艙門旁邊，於是關心問道。

「還可以……吧。」

儘管口頭這麼說，卻在舉手想要整理頭髮時，因為側腹吃痛而縮著身子蹲下。

於是空少前去支援梅絲，整理衣領等待內政長官們離開航班。

「哎呀呀，哈薩威．諾亞兄，都是多虧了你，我們才能平安在我方的基地降落。感謝你。」

內政長官與夫人們一邊這麼說，一邊接連往空橋移動。略帶海水氣息的空氣帶著些許熱氣，從空橋緩緩流向休息室。

這股異樣的空氣，給原本已經習慣密閉空間的感官帶來新鮮感。

尤其是對哈薩威而言，這是近幾年來已經習慣的空氣感覺，所以他一邊悄悄深呼吸，一邊應對內政長官與其他乘客們，並目送他們離去。

「…………唔！」

最後一位乘客是琪琪．安塔露茜雅。

與其說是哈薩威跟她對上視線，不如說是她停下腳步，一直在等哈薩威看她。

「…………嗯？」

「呵呵呵……」

琪琪那對透明的藍色眼眸帶著笑意。

「怎麼了……？」

哈薩威雖在口中這麼說，並沒有發出聲音。就在哈薩威猶豫的瞬間，琪琪已經走過他的前方，踏進空橋的南國空氣之中。

「之後將是我的部下的人會過來。不好意思。」

肯尼斯總算跟機長一起踏進休息室。

「好吧，基本上沒有異狀……」

哈薩威看了俘虜一眼，對肯尼斯說道。

「嗯，如同琪琪所說，這幫人似乎不是馬法提吧？」

「意思是他們冒用馬法提之名嗎？」

哈薩威刻意以假裝不知道的態度發問。因為他有必須這麼做的隱情。

「不仔細調查可不知道喔。也有可能是集結在奧恩培利的馬法提軍隊分支。」

「……嗯？馬法提的軍隊是指？」

哈薩威是第一次聽說這件事。即使他已經習慣南國島嶼的生活，也不代表他能掌握所有事情的動向。

「我也還不清楚詳情。」

「奧恩培利是哪裡？」

「位在澳洲北部的城鎮……據說有數萬名不肖分子集結在那一帶。」

「是！金伯利司令現正出動前往奧恩培利方向。」

「啊……？」

一名軍官介入哈薩威和肯尼斯之間大聲報告，因為剛趕到現場，仍是氣喘吁吁。

「……是！下官是隸屬於金伯利部隊，陸戰第五分隊的雷・萊高德中尉。」

「嗯，我是新到任的肯尼斯。」

哈薩威先等肯尼斯簡單回禮之後才開口詢問。

「請問……我可以下機了嗎？」

「你在大廳等我。我得做一下筆錄，而且得由我們安排今晚下榻的飯店吧。」

「你說的『我們』是指上校即將到任的部隊嗎？」

「處理馬法提是我們的工作，我不會讓警察有意見。既然豪森已經降落在這裡，即使是負責營運豪森航班的潘恩宇航也無法插手，這是我們的管轄範圍。」

「是這樣嗎？」

「這也是沒辦法吧。」

肯尼斯明確回答一臉不滿地抗議的豪森機長。

「上校！請問我們該做些什麼？」

「啊，中尉，辛苦你了，麻煩你帶走這些自稱馬法提的劫機犯，要搶在警察或調查局的人到來之前帶走。」

「是……！」

哈薩威沒有去管肯尼斯等人，舉手跟坐在休息室最末端座位的梅絲打個招呼之後，便往空橋走去。

儘管哈薩威覺得全身累積的疲勞因為接觸到淡淡暑氣而稍有排解，仍茫然地感覺到似乎是便衣警察的一對男女快步往豪森走去。

哈薩威有些介意肯尼斯說的話。

馬法提的軍隊似乎正在奧恩培利集結，而金伯利親自前往該處準備掃蕩。這兩件事情有些出乎哈薩威的意料之外。

〈到底是怎麼回事？〉

「……啊，請問您貴姓大名？」

當哈薩威走出空橋，幾名機場員工、警官，以及駐紮於此基地的軍官們已經在那裡等著了。

「哈薩威．諾亞……」

「啊，好的……請到ＶＩＰ室等待。」

「請往這邊走。」

一位看似當地出身，動作俐落的女性員工來到哈薩威面前。

「謝謝。」

數名持槍士兵已經駐守於大廳，完全隔開豪森的客人與普通旅客。

在女性員工帶領下，哈薩威穿過桃花心木製的厚重大門，來到以機場的空間來說，擺設顯得過於明亮且豪華的寬敞大廳。

大廳其中一面是面對跑道的整片落地窗，約莫體育館大小的空間裡，以無法清楚聽見旁人對話的間隔距離，擺設著紅色沙發與紫檀木桌子。

「請問刑事警察機關的長官是哪一位？」

戴著眼鏡的中年男子率領兩名部下，在哈薩威面前詢問這裡的服務人員。

「請問您是？」

「我是聯邦調查局的人，想跟長官商討等一下筆錄要怎麼安排……」

「長官……啊，在那裡。」

「感謝。」

三名便服人員俐落跑過內政長官們休憩座位之間的空間。

哈薩威一邊盯著與這個空間不甚搭調的男子們，一邊在陽光的牽引下來到窗邊。

「哎呀——英雄登場了。」

「哈薩威・諾亞！請跟我握個手。您年輕時是位軍人吧？」

「雖然海拉姆・梅沙的死很遺憾，但要是在那之後我們都成為俘虜，將會對地球聯邦政府造成重大打擊。即使無關我個人的性命安危，還是要感謝你。」

因為獲救而安心的夫人們變得多話，其中還有夫人把哈薩威當成孫子一般擁抱、親吻。

「不，我只是做了身為一個人該做的事。」

哈薩威說了好幾次這種客套話之後，總算在窗邊的座位坐下。

哈薩威還來不及細想琪琪應該也在這裡，一位穿著白襯衫，搭配黑色長裙幾乎拖地的服務人員先以東方禮儀深深鞠躬後，接著請教哈薩威喝些什麼。

「啊……給我薑汁汽水。」

「好的……」

服務人員確認過後離開，刑事警察機關的長官帶著自稱調查局的三名男性前來。

「哈薩威．諾亞……雖然我們搭乘同一航班，但我還沒自我介紹吧？我想起來了，令尊是宇宙軍第十三獨立部隊的拉．凱拉姆艦長，布萊特．諾亞上校。你曾在夏亞叛亂時駕駛軍方ＭＳ在前線作戰對吧？」

「您過獎了，我那是偷來的……只是因為最終戰勝了，也沒有因此被問罪。」

「不不不，你很了不起。我是刑事警察機關的亨德利．翼贊，我們需要請你到偵訊室參與偵訊，但我們跟駐留此地的金伯利部隊有點摩擦……希望你能在大堡待到明天，請問你能配合嗎？」

「可以的。我正要回美娜多，所以在這裡等航班。」

「美娜多……？是蘇拉威西島那個嗎？」

長官身後的調查局眼鏡男子問道。

「是的，我正在米納哈薩半島接受植物監視官的訓練……」

「這樣啊……是在那個阿馬達．曼森教授底下嗎？」

「是的……」

「好，幫他安排下榻的飯店。雖然金伯利部隊要求他住在這裡，但我才不管，替他準備其他飯店。」

「這是當然。」

「航空公司應該會負責安排飯店，但那是他們的工作。我們有我們的工作。」

「可是如果你們想要偵訊，現在也可以。」

「今天時間不早了，先解散啦，解散。我老婆已經在等我安排跟她一起邊欣賞南海夕陽邊用餐的計畫了。你應該不懂處理這些事情要花多少工夫吧？」

長官愉快地拍了拍哈薩威的肩膀，回到自己的座位。

服務人員待長官們離去之後，才送來哈薩威點的飲料。

哈薩威還來不及喘口氣，調查局的眼鏡男子折回來，遞出名片。

「蓋斯．Ｈ．休格特部長？」

「……有件事想麻煩你。不要對一般民眾洩漏這次的事，可以嗎？」

他的語氣有點令人不快，長官不在就是這麼不客氣。

「這是當然的。部長……」

「另外，雖然長官那麼說，但是能否稍微跟我說明一下情況？上面的人做事總是很悠哉，但累的人是我們……拜託了。」

眼鏡男沒等哈薩威回話便逕自起身。這種行為也充滿不把民眾放在眼裡的態度。有點厭惡如此官僚作風的哈薩威沒有使用吸管，直接端起杯子喝下薑汁汽水。

「…………嗯？」

哈薩威這才心想，自己剛才為何沒有察覺。

隔著飲料的玻璃杯，可以看到琪琪．安塔露茜雅就坐在前面的沙發上。

7 與琪琪交流

琪琪從哈薩威起身便一直盯著他看。透亮的金色長髮輕盈覆蓋在肩上。

「……妳剛才為什麼笑了？」

還好能輕鬆說出口，哈薩威稍微放心了。

「沒什麼……我只是覺得你不喜歡我，當時還是顧慮我……」

琪琪的話中帶著些許笑意。

「航班上有很多男士想找妳說話，像我這種毛頭小子當然無法接近，程度差太多了……而且妳的笑應該不是這樣，妳在想別的事吧？」

「是嗎？我嗎？」

琪琪邊說邊以手示意哈薩威坐下。哈薩威邊道謝邊第一次正眼看向琪琪的臉，心裡覺得她很美麗。

「妳真的很漂亮……」

「謝謝稱讚。」

琪琪已經習慣這樣的應酬，但是話中沒有任何挖苦意味。

「嗯，真的……」

「呵呵……」

雖然她的笑充滿肯定與自信，但就連笑容也沒有惡意。她就是一名理所當然接受稱讚的少女。

然而哈薩威還不清楚，琪琪實際上究竟在想些什麼。

「……妳為什麼能看穿那些劫機犯假冒馬法提之名？」

所以哈薩威先問了別的事情。

「人的身體不會說謊……對了，我剛剛之所以笑，是因為他們假冒馬法提之名，所以我想到了……」

琪琪吸了一口氣。

「嗯……？」

琪琪稍微探出上半身。

「因為我知道，自稱馬法提·納比尤·艾林，也就是正統預言者之王的人是你，哈薩威．諾亞。」

「哈哈哈哈哈……！妳看，我只是個普通的青年喔？」

琪琪似乎對這樣的哈薩威毫無興趣。她明顯將目光從哈薩威身上挪開，看向窗外機場的廣闊景色。

哈薩威見到琪琪的反應，無法繼續說下去。

「…………」

心裡想著早知道就順手把薑汁汽水拿過來。琪琪先以眼角餘光瞥了默不作聲的哈薩威一眼——

「你真老實……我喜歡這樣。」

接著如此說道。

「…………？」

哈薩威用手撐在膝蓋，雙手交握抬眼看向琪琪。

〈這女孩能看穿他人的謊言……〉

這種想法就代表哈薩威要有覺悟，自己會在這座機場被捕。

為了抓捕與殲滅馬法提．艾林而編組的金伯利部隊，就駐紮在這座機場。

如同肯尼斯所說，之前的指揮官金伯利．海曼上校是個很好應付的對手。這也是這半年來，哈薩威能以馬法提．艾林的身分自由行動的理由。

只不過那位金伯利正前往澳洲發動攻擊，這麼一來，將會由肯尼斯負責指揮留在當地的部隊。

肯尼斯那種類型的人很可怕。依常理來說，總是喜歡誇耀自己很強、很可怕的人反而容易駕馭。

哈薩威的身體抖了一下，想到一句琪琪討厭的說法——「沒有證據」，但決定不說出口。

接著想到另一種表達方式。

「妳可能不太喜歡這種表達方式……」

「你說說看？」

琪琪依然看著旁邊。

「採用提出問題，藉此開脫的方法。妳為什麼會認為我是馬法提？」

「因為你搭上了豪森。以你的年紀來說，要搭上那個航班太年輕了，而且你為什麼能像那樣戰鬥？以情況證據來說已經夠了。」

「為什麼呢？」

「……看來人只要一牽扯到與自己有關的事就會變笨的說法，是真的呢。」

「……告訴我吧……」

「……不就是因為你碰到假冒馬法提之名的人，馬上就來氣了嗎？」

「啊啊……！」

琪琪這番話，讓哈薩威似乎想通自己為何採取那麼危險的行動。

琪琪看向哈薩威，這才露出柔和的笑容。

「剛才的事，我……不，還是別說了……話太多會惹人厭。」

「我不會把這種事情告訴別人，我也不想惹人討厭……但跟本人說總可以吧？畢竟既刺激又很愉快……」

「感覺不管我說什麼都會被妳反駁，所以我就不說了……但我希望妳記住，有時候話語也是能殺人的。這並非譬喻。」

聽到哈薩威這番話，琪琪先是輕哼了一聲，接著拿開抵著下巴的手，挺直身子。

哈薩威知道，她的臉色瞬間刷白。

「怎麼會……我絕對不樂見發生這種事……我……」

「…………」

這回換成哈薩威說不出話來。看來琪琪並非那種只是愛說話，不懂得動腦的女孩。她相信自己所說的一切，也相信話語本身的分量，才會對沒有什麼不良影響的發言毫無感覺。

而她當然會因為說話的人不同，做出不一樣的反應，至少她沒有把哈薩威和那些太懂得人情世故的政治家混為一談。對於能說出感興趣話題的人，她還是很坦率的。

「琪琪．安塔露西雅……」

「我不是那種女人喔。我說真的。」

「我明白。但妳也必須知道，所謂的真相是謹慎而緩慢地發展的。」

「說得也是……我最近才漸漸明白這一點……」

「這樣啊……妳也很辛苦……」

「……你好壞……」

哈薩威的話讓琪琪的眼眸為之閃爍，湧現強烈情緒。然後她的上半身突然放鬆，就這麼靠在椅背上。

她的眼神變得空洞，凝視桌上冒著露珠的玻璃杯。

「嗨，英雄！」

又一位內政長官拍拍哈薩威的肩，往其他方向過去。

「……即使是推測，但被道出真相還是令人難受……」

「…………嗯！」

琪琪的下巴靠著鎖骨，點了點頭。

「妳還是忘了我們的對話內容吧。」

「我忘不了的……你不也一樣嗎？」

哈薩威保持沉默。

「……打擾了……」

跟隨蓋斯調查局部長的黑髮青年從旁出聲，表示想先從琪琪開始進行偵訊。

琪琪像是要甩掉疲勞一般，很有精神地回應之後起身，往大廳的入口過去。

〈傷腦筋……〉

現狀確實不甚理想，哈薩威必須因此做好覺悟。

若想逃離，哈薩威對於金伯利部隊駐留的基地配置所知甚少。

哈薩威返回自己原本坐的位置，面朝窗戶坐下。

一架往返於島嶼之間的定期班機正在跑道上準備起飛。在這一百年間，這樣的景象從未改變。

哈薩威約在一個月前看過這座機場的偵察照片，但仍無法正確知道金伯利部隊的裝備與戰力狀況。

所以哈薩威這次才會前往月球，為了調度新ＭＳ而奔波。

〈……畢竟不會這麼剛好，加烏曼他們這時突然出現在這裡啊……〉

哈薩威想起一個月沒見的同伴臉孔。

不過哈薩威認為自己決定搭乘豪森返回地球時，已經評估過幾個迴避危機的方法。至於加烏曼出現所代表的意義，是指當哈薩威因為某些原因而無法抽身時，由他們負責攻擊哈薩威所在處附近的地點，藉此轉移注意力的作戰。

哈薩威可以利用這種方式洗刷自身嫌疑，並且獲得逃離的機會。

除此之外，為了確認哈薩威的動靜，組織應該以香港地區為中心，安排了相當數量的人員才是。

至於這個大堡，因為以哈薩威等人實施作戰的角度來看，等於是近在咫尺的基地，應該會派遣比平常更多的諜報人員潛伏於此，但是哈薩威無法確認同伴們是否掌握到今天的狀況。

設置在大廳牆邊的電話很有可能遭到竊聽，所以哈薩威不能利用電話聯絡。調查局的初步偵訊安排在ＶＩＰ室旁邊的房間進行。已經偵訊完畢的內政長官夫婦接連跟哈薩威打過招呼後，出發前往指定的飯店。

至於之所以最後才偵訊哈薩威，應該是因為他是協助處理案件的當事人之一，但對於一直等待的哈薩威而言，心情有如等著步上斷頭臺那樣煎熬。

琪琪進去不到十分鐘就出來了，先跟服務人員又點了一杯飲料替換原本喝到一半的果汁，才往哈薩威的座位走來。

「你累了嗎？」

「咦？」

哈薩威不禁懷疑琪琪的神經與腦袋結構。

她彷彿已經將方才的失意拋諸腦後，更重要的是似乎把剛才說的那些推測哈薩威真面目的話忘得一乾二淨，說起話來就好像閒話家常。

「……確實……是啦……」

哈薩威除了這樣回答，還能說些什麼呢。

「……他們說會安排加長型禮車送我們到飯店……我會等你喔。」

琪琪把手中的卡片放在哈薩威面前的桌上。那似乎是塔薩戴伊飯店發行的會員證。

「等?等什麼?」

「我們似乎被安排在同一間飯店,所以一起過去吧。」

「這樣啊……」

哈薩威自知因為琪琪的話而放鬆了。

琪琪就是這樣的女孩。一旦偵訊結束之後得知飯店的事情,一定會問起哈薩威住在哪裡。也就是說,她並未透露可能讓哈薩威被捕的資訊。

「……這樣啊……」

哈薩威重新凝視背對著明亮窗戶,挺直身子的琪琪身影。

「……妳到底是個怎麼樣的女人?」

琪琪稍微偏了偏帶著微笑的臉,用一隻手撥起長髮——

「我想要自由自在活著。畢竟人很難知道真相吧。所以當有想要知道真相的念頭時,自然會變得謹慎小心。」

她是這麼說的。

「讓您久等了。」

「謝謝。」

琪琪很有禮貌地向服務人員致謝，含住飲料吸管。

哈薩威看著飲料迅速減少。

「…………嗯？」

琪琪以眼神詢問哈薩威的用意。

「不，我只是覺得飲料的顏色很漂亮……妳的唇也很美……」

「這是想致謝嗎？」

「也有這個意思……但是看到妳恢復精神，我也很高興。」

「……別擔心，我是為了讓自己更好才來地球的。」

「妳打算住在香港嗎？」

「不……我想去住日本的山裡。」

「日本……？那裡可以入境嗎？」

「可以的。」

「這樣啊……我也想去，畢竟我母親那邊的祖先出身日本。」

「所以你才有著東方的臉孔啊。」

琪琪放下玻璃杯，仔細凝視哈薩威的臉。

「別這樣……」

「……看著這樣的你，我會不禁想要多嘴。」

「什麼？」

「馬法提的做法不對。」

「如果有其他更好的方法，馬法提應該會想討教一番。」

「……有啊。」

琪琪不改認真的表情如是回答，哈薩威因為迅速順暢的反應吃了一驚。

「妳是指什麼……？」

「如果要說是絕對不會出錯並且可行的方法，那就是建立理想的獨裁政權。」

「哈哈哈………」

哈薩威聽到琪琪這般道破真相的回答，不禁笑了。確實，若是不把人際關係，也就是社會組織問題當一回事的話，這個答案也沒錯。

「很好笑嗎？」

琪琪首度露出有點撒嬌，又有點不滿的表情。

「不，妳說得沒錯。但若是有人能做到理想的獨裁政權，那麼那個人應該是神。」

「既然這樣，只要你成為神就好了。」

「嗯，是這樣沒錯，但如果真的有人能成為神，那麼全世界的人類都是神了。」

「啊啊，那就是所謂的新人類嗎？」

「是啊。現實是很嚴峻的，人類還到不了那個境界。即使只是要取得一個地區的政權也絕非易事，遑論奪取整個地球聯邦政府的政權，這不是憑藉單一人物的意志能夠達成的事情。」

「……是這樣嗎……」

「……即使是這樣，劫機也是很過分喔。我真的很害怕……」

「人類建立的組織已經巨大到無法小覷的程度，處理起來很棘手的。」

「……是啊。」

「所以遭到殺害更可怕吧。」

「是啊……我也這麼認為。」

哈薩威也是真心這麼想的。

「哈薩威先生，麻煩你了。」

是調查局的年輕人來了。

「好的……先這樣吧。」

「呼……我等你。」

琪琪將雙手放在膝上，對哈薩威如此說道。

8 飯店

「哎呀，諾亞先生，謝謝你配合。請到飯店好好休息吧。」

調查局的蓋斯部長，先將鋼珠筆收在西裝外套的暗袋後，接著以眼神指示坐在哈薩威旁邊的年輕人。

「是……這是飯店住宿卡，請儘管自由利用飯店設施。」

「謝謝。請問明天有什麼預定嗎？」

「應該會請您再過來一趟。畢竟肯尼斯上校強烈要求讓他做一下筆錄，所以還是麻煩您……」

「嗯──那我該怎麼辦才好？」

「……這個嘛……明早九點會以電話聯絡您，請在那之後決定您的時間安排。如果您喜歡我們安排的飯店，請儘管利用……」

「可以無限期利用嗎？」

哈薩威想試試官僚們會做的事，於是帶著玩笑意味問道。

「當然可以。只要在您想辦理退房時將住宿卡交還給櫃檯便可。」

「喔喔——……那還真方便呢。」

哈薩威聽到這般不知有幾分真實的內容，表現出感嘆的態度之後，在調查局的年輕成員看守的房間裡領取自己的行李箱，這才來到機場大廳。

「琪琪小姐在車上等您。」

「這樣啊……」

哈薩威像個鄉巴佬一樣，假裝自己覺得很新奇似的東張西望，然而心裡卻是緊張無比地想著絕不能遺漏每個人的舉止。

航站大廈的入口處沒有看似金伯利部隊的人員，目前只有非常一般的機場景象。

「……請往這邊。」

「好的……？」

這時哈薩威發現一位似乎是同伴的年輕人，但兩人也不能打招呼，只能默默地跟隨調查局的年輕人走。

在清爽的傍晚空氣裡，一輛淡粉紅色的加長型禮車停在用來上下車的車道。

雖然是哈薩威有點難以想像的光景，然而一旦琪琪站在那裡，這樣的景象就變得意外合適。

目前的氣溫也稍微降低，不到會讓人覺得悶熱的程度，無風的空氣告知哈薩威地球上理想的開放感是什麼感覺。周遭的綠意散發的香氣，對於已經習慣人工製造物的五感而言，顯得既刺激又令人舒暢。

「請上車。」

哈薩威請琪琪先上車入座。

「嗯……站在這裡有種放鬆的氣氛，很舒服。」

如此說道的琪琪蹲低身子鑽進後座。

調查局的年輕人關好車門，車輛駛出之後，哈薩威轉頭看著他們並且揮手。

其實這是在觀察身後的道路狀況。

繞行航廈大樓半圈，準備匯流到高速公路的交流道左邊停車場有幾個出入口，一輛車駛出停車場，跟在哈薩威兩人搭乘的加長型禮車之後。

「…………」

哈薩威期待那輛車是同伴的車，將身體靠在蓋著米色紡織品的座椅上。

「你介意什麼嗎？」

琪琪在哈薩威耳邊耳語。因為靠得太近，哈薩威感受到琪琪的體溫，不由得吃驚。

「……雖然我想說沒什麼，但我不想被妳討厭……」

哈薩威彷彿將鼻子埋進琪琪的頭髮裡一般低語。

「……但我更不想因此招致危險，所以不能說……」

哈薩威這番話讓琪琪的肩膀瞬間抖了一下——

「……呵呵呵……」

琪琪將自己的臉頰貼近哈薩威的臉頰，笑了。

雖然只是演個戲，但哈薩威覺得自己感受到琪琪的女性本性芳香，自覺完全無法抗拒，因而退開。

退開的哈薩威看到琪琪鼓著臉頰，擺出有點不悅的表情。

「…………嗯？」

正當哈薩威因為這個表情感到疑惑時，琪琪坐回自己的位置，轉而看向窗外。

「…………」

哈薩威心想，自己該不會說錯話了吧。

8 飯店

其實琪琪只是想要更加享受演戲的瞬間罷了。

所以她不想浪費時間在不解風情的年輕男性身上。

而緊張的哈薩威根本無法推敲琪琪的心情，只能抱著些許後悔與不安，望著窗外的傍晚時分南國市郊景色。

不消二十分鐘，加長型禮車便抵達塔薩戴伊飯店。

那裡是活用百年前的最新技術建造的熱帶風格建築，並隨著時間演進的關係，呈現沉穩厚實感覺的一流飯店。

寬敞的大廳有片椰林，夕陽光輝從天花板的採光窗灑入，凸顯大廳正面的景色。

哈薩威和琪琪出示住宿卡，儘管櫃檯人員被琪琪的美貌所吸引，卻也沒表現出揣測客人的失禮態度，讓運送行李的服務生取走兩人的行李。

「…………嗯？」

哈薩威在準備前往電梯的途中，發現剛才在機場看到的男性身影，正好與一位從後方奔跑過來的女性並肩而行。

〈是米赫莎……！〉

發現一張熟悉的面孔，這才安心的哈薩威跟著服務生和琪琪一起搭上電梯。

哈薩威清楚看到米赫莎・漢斯與男子正在觀察哈薩威搭乘的這班電梯動向。

行李服務生按了三十六樓的樓層按鈕。

「這裡的最高樓層是四十三樓嗎？那層樓有什麼？」

「是的，那層樓有餐廳、酒吧以及舞池大廳。」

「……哎呀！」

琪琪發出歡喜的聲音。

電梯開門，左邊走廊是一整排窗戶。這道走廊奢華到讓人無法想像是飯店的走廊，因為靠窗的整面牆都是以玻璃打造。

「這層樓很豪華耶。」

「是的，這層樓只有供客人長期住宿的總統套房。」

「哇啊——！好感動！」

琪琪因為眼前的大海與平緩的山脊線帶來的景象，不停發出興奮的聲音，並跟著運送行李的服務生。

左邊這片景象的右後方位置，應該有機場以及金伯利部隊駐紮的基地。

運送行李的服務生走到走廊底端附近，並將兩間相鄰房間的房卡交給兩人後，把琪

8 飯店

琪的行李送進房內。

「這房間真棒！」

也難怪琪琪會這樣感嘆。從房間中央相當寬敞的客廳看出去，可以看到一望無際的海岬與水平面景象。

主臥室在右邊。

左邊則是餐廳以及備用臥室，從那邊的窗戶可以看到大堡街景在淡淡的夕陽景色之中，朦朧且低調地拓展。

與過往相比，大堡的人口應該不及當年的五分之一。

哈薩威跟著帶路的服務生來到右邊餐廳的陽台，眺望底下街景。

低矮的山丘畫出平緩的山脊線，在黃昏時分的天空勾勒出明確的身影，遠處還能聽到鳥鳴啁啾。

「……這下麻煩了……」

哈薩威靠著看似木頭打造的扶手，嘆了一口氣。

他認為在目前的狀況下，對方等於是為了防範他們逃脫，而直接將他們軟禁了。這裡離飯店頂樓還有近十層樓，底下則有三十幾層樓。

也就是說，哈薩威認為往上往下都被對方控制住了。

「啊啊！哈薩威的行李箱也放在這個房間就好。」

「啥啊？」

哈薩威聽見在服務生帶領下，參觀了廚房、浴室和化妝間的琪琪如此說道。

「……琪琪！這樣不好吧。」

哈薩威對著正由服務生帶著走出衣帽間的琪琪開口。

「為什麼？」

「我住隔壁房就好。」

「我不要。一個人睡這麼寬敞的房間裡也太寂寞了，哈薩威可以睡這間臥室。」

琪琪的邏輯單純明快。

「……那就麻煩了。」

哈薩威認為不好讓服務生一直等，於是給了服務生一點小費，請他把自己的行李箱拿過來。

「麻煩你跟櫃檯也說一聲……」

「好的……」

8　飯店

「你知道嗎？請問豪森上的乘客沒有住在這裡嗎？」

「喔喔，你們也是豪森的乘客啊。」

「畢竟跟著高官們搭乘同一航班，也有機會在餐廳之類的地方碰面吧？還是事先做好心理準備比較好吧？」

「您說得是。畢竟有所謂的人際關係需要維持吧。」

服務生一邊將哈薩威的行李放在靠牆的櫥櫃上，一邊回答有三組客人入住，但他並不清楚姓名。

「……請問是否還有其他需要服務的呢？」

「麻煩幫我拿茶和甜點過來。」

琪琪在客廳那邊說道。

「好的……」

容貌姣好的服務生動作俐落地拿起窗邊小桌上的菜單，遞給琪琪。

「嗯——我要這款兩、三種搭配的綜合甜塔，還有奶茶。哈薩威，你要什麼？」

「若有水果的話，我想來一點……」

哈薩威在琪琪前方的沙發坐下。

「有的。奇異果、蜜柑……」

「給我蜜柑吧。那是日本的水果吧？」

「是的……請問要喝點什麼？」

「跟我一樣就好。」

聽到琪琪馬上回答，哈薩威和服務生交換了淡淡的苦笑，接著服務生便行個禮，退出房間。

「……我想淋浴一下，可以吧？」

「可以啊。我也要淋浴就是了。」

「那我就不客氣了……我想放鬆一下。我不希望因為妳在場就必須顧慮很多事。」

「我也一樣。」

哈薩威聽著琪琪的話語從背後傳來，踏進自己的臥室後，打開行李箱。

這裡的淋浴間鋪設只能用豪華來形容的磁磚，淋浴的蓮蓬頭等設備也是陶瓷製品。

哈薩威不禁感覺到要是在浴缸裡泡澡，會不會害自己身體縮小的壓力。

〈雖然沒有笨到以為敵人提供的住宿飯店很安全……但是到底該怎麼看待那個名叫琪琪的女孩啊……〉

溫度接近冷水的淋浴感受，讓哈薩威親身體驗到自己總算返回地球，但他仍在思考必須想辦法離開這裡，與米赫莎等人碰頭才行。

〈……在這間飯店辦理入住時，只需要提交住宿卡就行了……甚至沒有登記住客姓名。也就是說，這裡是祕密場所，應該會有名人或高官之流帶著情婦入住吧……這麼一來基本上不會竊聽……〉

然而米赫莎等人就在樓下，得想辦法與他們接觸。

哈薩威利用浴室的鏡子確認臼齒狀況，並從盥洗用具盒裡面取出一支比較大的拔毛鑷子。雖是一把看上去再普通不過的拔毛鑷子，但它的前端略有弧度，可以拔起安裝在臼齒位置的假牙。

哈薩威在智齒的位置裝上牙齒形狀的膠囊，裡面放有微縮膠片。

更衣的時候，可以聽到琪琪哼歌的聲音從門的另一邊傳來。

哈薩威把從假牙取出的微型膠片夾在手冊裡面，而原本就藏在另一本手冊皮革封面下的東西則維持原樣，接著來到客廳。

「琪琪……！」

哈薩威感到傻眼之前，不禁後悔自己應該更加注意。因為琪琪就是這種人。

「哎！」

琪琪噘起嘴唇，原本想要披上浴巾，然而裸體已經完全呈現在另一面的鏡子上，哈薩威還是看見她曼妙的體態。

「沒禮貌！」

「時常有人這麼說。」

哈薩威說得斬釘截鐵。

「咦……？」

琪琪見哈薩威反應這麼快，迅速整理好披在身上的浴巾。

「畢竟我們不是夫妻，也沒有說要同床共寢……即使真是這樣，我也不喜歡不顧場合在家隨意赤裸的女性。」

哈薩威走向放有方才點的餐點的桌子，拿起另外準備好的房卡。

這時琪琪關上自己寢室的門，然後再也沒有出現。

「我說中了嗎……？」

哈薩威一邊嘀咕，一邊估算如果沒有間隔喝杯紅茶的時間，琪琪應該不會出現，於是從茶壺倒杯紅茶。

〈這是在勾引我嗎……？〉

哈薩威思考琪琪的事。

甜塔的淡淡甜香氣息讓哈薩威稍稍放鬆，覺得應該勉強可以做出自然想要出去散步的舉動。

哈薩威敲響琪琪寢室的房門，並告知自己要出去散步，但是琪琪沒有回應。

「琪琪……！」

再次呼喚她的名字時──

「……請自便──！」

傳來似乎略帶著哭腔的聲音。

「我只是去看看飯店周圍的狀況……」

哈薩威留下這句話，離開房間來到走廊上。

〈原來她是那種女人嗎……〉

哈薩威在心裡用句老套言論將琪琪的事拋諸腦後。不管是現在下定論尚早，還是這一切是哈薩威的誤解，哈薩威都不想順著琪琪的意去理解她，吸引她的注意。

〈……如果會因為這樣與她為敵，確實是有點輕率吧……〉

哈薩威一邊等電梯一邊如是想。

要是能跟琪琪．安塔露茜雅打好關係，她可能會成為自己的同伴。但如果惹了她討厭，她即使站在調查局或者肯尼斯那一邊也沒不奇怪。

正因為她是這樣的少女，哈薩威才相對感到信任。

反過來說，如果她只是個會做出一般反應的少女，哈薩威應該懶得理她吧。

哈薩威已經變成這樣的青年了。

〈……說得也是。〉

哈薩威自知這是自己危險的一面。而接受自己有這般危險一面的念頭，化為言語從哈薩威口中流洩而出。

〈跟葵絲．帕拉亞一樣啊……〉

這聲嘆息對哈薩威來說太沉重了。

為了忘掉這個名字，哈薩威不知付出了多少努力。

儘管如此，葵絲這名少女的存在，毫無疑問促成了現在的哈薩威。

所以一旦遇見琪琪這樣的少女，哈薩威就會義無反顧想要陪伴在她身邊……

9 接觸

哈薩威拿著放在大廳樓層柱子旁邊的觀光導覽手冊，從商店街與咖啡廳繞個遠路，裝出真的是在參觀飯店的態度往大廳大門過去。

途中哈薩威還刻意等待之前看到的男子和米赫莎．漢斯跟上來，這才走出飯店。

清風撫過椰子樹葉，但時間還沒到夕陽西下的傍晚。

哈薩威往外走到馬路上，這時米赫莎抱著文件袋，從哈薩威身邊快步超越他。

「……………」

米赫莎抱著文件袋的右手輕輕碰了一下哈薩威，看起來只是很平常的習慣動作。現在變成哈薩威跟在米赫莎他們後面。

應該會暫時維持這個狀態。

來到車流較多的馬路上，看到一些路燈和霓虹燈。應該走了約二十分鐘吧。

轉了幾個彎，這時一輛因為濕氣而生鏽的車輛，隨行似的接近米赫莎。

〈是那輛車嗎……〉

哈薩威還沒完全理解，米赫莎已經轉身輕輕以手勢示意，哈薩威於是跑了過去。

米赫莎上車之後，哈薩威也迅速上車。駕駛是在機場遇見的青年。

「辛苦你了。」

「這樣真的好嗎？」

車子因為加速行駛抖了一下，米赫莎謹慎地在前座詢問。

「沒問題。有沒有人跟蹤？」

「是，我自認已經仔細確認過哈薩威先生身前身後的狀況。」

駕駛座的黑髮青年如此回答。

「很好。」

「他是這個地方的專屬派遣人員，光田健二。」

「謝謝你。」

「不會……」

那位東洋人青年憑藉自身力量控制這輛破車的方向盤，讓車子融入傍晚的車流。

「孤單一人身處敵陣真的很難熬。多謝幫助。」

「應該沒有給您造成困擾吧？」

米赫莎是個格外顧慮這方面狀況的女性。

「首先，這是接收鋼彈的路線資料，拿去分析之後拷貝給各機體。」

「什麼意思？」

「這是自動駕駛用的資料。」

「啊啊！只要交給伊拉姆就可以了吧？」

但是米赫莎在這方面比較不靈光。

「新型鋼彈會偽裝成隕石，且降落地球的時間已經決定，就是明天傍晚。這個時間點無法更改，所以要通知海椰子儘快準備。」

「好的，我們已經有預先安排……感覺似乎不太容易？」

「嗯，因為有冒用馬法提之名的劫機犯試圖脅持豪森……」

哈薩威這時才說明降落到機場之前發生了什麼事，並且詢問所謂在奧恩培利的馬法提部隊是怎麼回事。

「那是真的。有一群人相信馬法提基地位在澳洲大陸的傳聞，於是聚集到那裡。」

「是夸克・薩爾瓦安排的嗎？」

「不，那是自然而然的狀況。雖然夸克將軍樂見此事，但尚未與對方接觸。」

「那邊大概有多少人？」

「據說大約有三萬人左右。」

「這樣啊……既然有這種自發性的運動，就代表我們的作為並非錯誤……不過，我聽說金伯利部隊前往奧恩培利了？」

「就在昨天，主力部隊已經開拔前往奧恩培利。」

駕車的光田如此說道。

「在新司令官到任前就出發了？」

「應該就是因為新司令官到來才這麼做吧？他們很匆忙地出動了。」

「原來如此……因為新司令官要來，所以金伯利著急了吧？也因為這樣，我們準備接收鋼彈的工作才沒有遭到妨礙嗎？」

「嗯……不過接下來準備接手大堡的司令，可沒有這麼簡單喔。」

「我知道。新型ＭＳ之所以會分派到大堡，也是新任司令的實力所致吧？」

「新型？」

「我沒有詳細確認，但似乎有機體正在進行測試。」

「果然啊……我在月球花了比較多時間進行最後調整，因此聽說地球聯邦軍的新型MS正好要過來，所以採取了強硬手段……沒想到因為這種事耽誤了時間……為了保證一定能降落地球才特意搭乘豪森，結果竟是這樣……」

「那些冒名的人來自奧恩培利的組織嗎？」

「不確定，但很有可能。」

「哈薩威呢？」

「到明天中午為止，應該都無法離開塔薩戴伊飯店吧。你們直接當成我處在聯邦政府調查局與金伯利部隊的監視之下比較好。」

「這麼一來，是否就不需要聲東擊西了？」

「不，肯尼斯已經徹底查過我的底細。只要看過我的經歷，就知道我很可疑。還是照做吧。」

「再來就是那個琪琪吧。應該還不能放心吧？」

「目前還不知道她究竟可以當我的幌子，還是會變成金伯利的間諜。」

「什麼意思？」

「不要叫我解釋，我很難說明……所以為了不讓他們懷疑我，還是採取一些擾亂視線的攻擊比較妥當。」

「這樣很危險喔？」

「嗯，我住宿的房間位在飯店的中間樓層，所以你們打上面就好。」

「可是……」

「記得跟人在美那多的阿馬達教授說，軍方可能會過去調查。」

「好的。」

「……鋼彈會按照指定的時間降落。明白了嗎？」

「我們會搭乘光田的飛機返回海椰子……然後立刻請愛梅拉達過來。」

「拜託了……」

光田的車在鎮上繞了一大圈之後，駛向通往塔薩戴伊飯店的道路。

10 獵人

「糟糕……是獵人。」

「什麼？」

聽到光田這麼說，哈薩威從後座探頭往前看。

雖說居住人口已經不如以往，但在鬧區附近的街上，傍晚時分仍是相當嘈雜熱鬧。而在鬧區的馬路中間，停著好幾輛黑色廂型車，封鎖了道路。廂型車周圍有群身穿黑色皮革制服的男人，正在恫嚇人們。

「……該怎麼辦？」

「哈薩威是沒關係，但我們會被逮捕。」

米赫莎試著拉高衣領。她過去曾經被這些獵人逮捕，遣返宇宙。要是再次被捕，就會被判處「流放」，遣送到邊境的殖民衛星。

更重要的是在被這些獵人逮捕之後，到正式遣返宇宙之前的待遇都非常羞辱，所以人們才會如此害怕。

「……彼此對此地的熟悉程度應該是五五波吧……」

如此說道的光田緩緩駛進右邊的岔路。

「沒有被發現嗎？」

「畢竟他們把逮捕的傢伙押進運輸車了……」

光田交互看了左右兩邊的後照鏡，小心注意走在狹窄道路的行人。

「要是事態緊急，就直接把膠片咬碎吧。我這邊還有一組備份。」

「好、好的……就這麼辦。」

「嗚哇……可惡！」

一輛車從前面闖了過來，光田只能急忙讓車子往右邊靠，並且加快速度以便快點穿過，緊接著來到下一條路。

光田一時無法決定該轉向哪邊，於是停下車子。

「…………嗯？」

哈薩威從自己這邊的車窗，看到壓低黑色遮陽帽的男子臉孔。

這些獵人在值勤時，無論什麼天氣都是一身黑色打扮。光看他們的樣子就能知道，毫無疑問是群以恫嚇他人為樂的人。

「喂……拿出居住許可證！」

男子用警棍的握把前端敲打車窗。

哈薩威本想開窗，但是光田在這個瞬間啟動車子，轉向右邊。因為這個加速，哈薩威整個人靠在椅背上，獵人男子則是腳步不穩往前傾倒，並且出聲大吼：

「王八蛋！」

下一秒獵人便拔出手槍，一邊開槍威嚇一邊呼叫同伴。

「有人受傷了！」

米赫莎看著後方發出哀號。

光田雖然外表看起來溫厚老實，開車技術確實一流。這輛老舊的燃油車顯然經過改裝，只見光田接連超過前方好幾輛車，朝著郊外疾駛而去。

獵人巡邏車的警笛聲從後方傳來，感覺這些聲音也從左右兩邊不斷進逼。

「哈薩威，快下車！」

「你們呢？」

「隨便找個地方下車之後放火燒車，或者直接丟到海裡。」

「辦得到嗎？」

「我們已經事先想好幾個適合地點，以便應付這類突發狀況。」

又轉了兩個彎之後，光田馬上減速讓哈薩威下車。

「抱歉，你們一定要平安脫逃。」

光田根本來不及聽哈薩威說些什麼，急忙猛踩油門衝了出去。哈薩威也沒有餘力目送車輛離去，重新調整自己的狀態，擺出一如往常的模樣走向車輛行進的反方向。

三輛廂型車像是要逼開路上其他車輛一般橫衝直撞。

「…………唔！」

那些車上都配備有機槍，哈薩威還看見獵人在喊些什麼。

〈……他們自認是軍隊……〉

哈薩威一邊在心裡埋怨一邊尋找計程車，卻因為完全攔不到空車而不禁感到焦急。然後這時才想起自己也沒跟琪琪說好要一起吃晚餐就出門，應該也會成為他人起疑的原因之一。

即使擔心米赫莎和光田，哈薩威依然什麼都做不了。

哈薩威告訴自己先別擔心他們，並且發現一間販賣土產的店，於是買了一些任何人都會買的土產。

「你有被盤查有無居住許可證嗎？」

看起來應該是在這裡土生土長的少女一面收銀一面問道。

「沒錯。這裡很常發生這種狀況嗎？」

「自從地球聯邦軍強化了存在之後就變得很誇張，甚至有過睡覺時間前來盤查。為什麼馬法提不處理一下獵人啊？」

哈薩威邊接過收據邊回答——

「在到處都有獵人出沒的地方說這種話，會被強制遣返喔？」

「嘿嘿嘿……你不覺得馬法提很不貼心嗎？」

「是沒錯……話說這附近哪裡比較好攔計程車？」

「往右五百公尺的地方有計程車招呼站，畢竟現在管制得很嚴。」

「謝謝妳。」

哈薩威知道收據上面會有日期與時間，因此在離開店面後立刻將收據撕碎，再往計程車招呼站走去。

那邊應該是獵人布下嚴密搜查網的地區。

對於現在的哈薩威而言，一邊看著眼前的黑色廂型車一邊在計程車招呼站等車，實在是件苦差事。

而且大概走了兩百公尺左右，原本封鎖道路的獵人巡邏車竟然開始緩緩前進，讓哈薩威真的很想逃跑。

「啊——！」

哈薩威身後的大樓把門打開，三名男女像是被扔出來一般倒在地上，獵人緊接著衝了出來。

「不要輕舉妄動！」

「你們這是踐踏人權！」

一名男子如此大吼，但在下一秒，獵人的皮鞋鞋尖已經往他的下巴招呼。

「住手——！」

抓著獵人求情的女性也因為臉挨了警棍一下而倒地。另一位獵人的皮鞋立刻鎖定她的兩腿之間踹了過去。

「…………唔！」

這時其他分隊的獵人也陸續從巡邏車衝下來，並對著哈薩威怒吼：「要招計程車去那邊等！不要在這裡礙事！」

雖然這些獵人與非逮捕對象講話時的口氣沒那麼凶惡，但拿著警棍趕人的態度倒是一樣。

「嗚哇！」

又有幾名男女被趕出大樓，然後傳來陣陣槍聲。

哈薩威一邊離開計程車招呼站，發現槍聲是從大樓三樓傳出。

「這些混蛋——！」

停靠在計程車招呼站的巡邏車載機槍連續開火，火光在帶著暮色的傍晚天空閃爍。

「…………」

槍戰持續了數秒，一位站在馬路上的獵人倒下，而兩位身穿T恤的男子從大樓摔落路面，發出令人不快的聲音。

「…………」

哈薩威裝出與其他市民一樣害怕的態度，來到車道繞過巡邏車，在駛出的車流之中發現一輛計程車。

「拜託！讓我上車。」

司機揮手表示拒絕——

「獵人叫我來這邊攔車。你看，計程車招呼站那邊停滿了巡邏車吧？」

司機先看向哈薩威身後的危險景象，才以手示意他打開後座車門。哈薩威特地把手上裝有土產的塑膠袋拿到顯眼的位置後上車，告知司機一棟位在塔薩戴伊飯店附近的大樓名稱。

「要開出這條路會花一點時間喔？」

「加時費用很高嗎？」

「沒這回事。」

司機透過後照鏡打量後座的哈薩威，藉此判斷這個人。而哈薩威也小心注意說些普通遊客會提起的內容。

「……這裡的獵人很過分吧？」

隨著汽車加速遠離危險區域之後，司機才這麼說道。

「直接在眼前上演槍戰真的嚇到我了，好像還有人死亡。」

「這種事可是家常便飯，為什麼馬法提不教訓一下獵人呢？」

「真的，那些才是該好好處理的對象吧。」

「就是說啊。我沒什麼學問所以不是很懂，但地球聯邦政府不是會強制把人遣返回宇宙，而且逮捕不願意配合的人嗎？」

「是啊……」

哈薩威儘管只能曖昧回應司機這粗暴的意見，心裡還是偷偷感到安心。畢竟民意仍希望馬法提處理掉公然實行集團暴力的獵人。

如果要說哈薩威所屬的馬法提也是率先行使武力的集團，確實是如此。使用武力的當事人大多認為只要大義在我，有時候行使武力也是正義之舉。

「……馬法提就是太聰明了。裝模作樣去處理上面的大人物固然沒錯，但馬法提不也說了，最終人類都要上宇宙嗎？我不懂為什麼是這樣，比方你看大堡這邊的環境，並沒有受到汙染吧？」

「不過綠地變小了，也捕不到魚了不是嗎？」

「至少還夠島上的人生活啊。」

「哈哈哈……確實是這樣。不過馬法提似乎是主張一千年之後的地球環境，這樣會太好高騖遠嗎？」

「咯嘿嘿嘿……那些人應該是太閒了吧。一般人哪有那個工夫考量這麼久遠之後的生活啦。」

「太閒了……？」

這個日常的說法為哈薩威帶來衝擊。確實對於一般民眾而言，既然只能顧及眼前的生活，那麼光是要思考明天的事就耗盡他們所有的精力了吧。

從哈薩威開始思考如何達成教義或主張時，就認同人們的眼光變得狹隘的事實。

「不是嗎？我們可是好不容易才取得地球居住許可證，但一想到還要繳錢給高官們，實在沒有餘力去想後天的事。」

「我也是一樣啊。」

哈薩威一邊茫然看著窗外已經從城鎮變成整排椰子樹街景的傍晚天空，一邊認同司機的說法。

司機和琪琪說得沒錯。

哈薩威心裡確實也有一股怒氣，心想如果自己有足夠實力，當然想要立刻阻止這一切作為。

但是看看調查局的塔薩戴伊飯店住宿卡使用方式，哈薩威也不禁被聯邦政府建立的社會組織深厚程度所震攝。

這麼一來，要破壞如此深厚的組織架構，就必須讓組織的中樞感到害怕才行。否則當然會陷入聯邦政府不可能改革的論調之中。

哈薩威的思緒集中在這一點，並且感到焦躁。

現在若想滯留於地球，就必須持有地球聯邦政府發行的許可證。

這樣的措施始於正式開始安排大量民眾移民至太空殖民衛星時，為了消弭因為移民造成的差別待遇就必須實制移民，是種必要的惡行。

由於近代文明發達，遭到相關產業廢棄物汙染的地球，因為溫室效應導致平均氣溫上升約兩度，人們因此開始抱持危機意識。因為異常氣象導致持續發生的糧食危機與自然環境破壞，讓地球變得不再適宜人居，不得不移民到宇宙。

然而如果地球真的毀滅，人類也不再具備建設太空殖民衛星，進入宇宙的能力。認為人類很有可能跟地球一起毀滅的想法在各大都市擴散後，人們創立地球聯邦政府，開始建設太空殖民衛星。

地球聯邦政府的政策主張只要開始實施宇宙移民政策，必須讓所有人種平等移民。這點並沒有錯。

但是所謂的特例致使後續產生差別待遇。也就是地球聯邦政府認定必要的人們，可

以繼續留在地球上生活的策略。

這是有條件的。

就規定來說，為了保全地球而負責管理自然環境的人，以及保存，維持人種固有文化的人們才能留下。

畢竟法律無法以理想主義行使理念，而從一般人的角度來看，地球看起來不像要毀滅的樣子，自然造成了人們擴大解釋並利用這條法律。

再加上地球出生的人類無法忘懷在地心引力環境生活的感覺，於是產生了一些想要無條件忽視法律的人。

這樣的需求是正確的。

然而人類最深重的罪孽，就是沒有認知到自身種族的增長，對地球而言是最嚴重的危機。

可是宇宙移民正好誕生在人類必須為造成這些問題支付代價的時代，所謂的太空殖民衛星時代，既不是拓荒先鋒的時代，也不是開放的時代。

而這些認知帶來的挫折更加促進居住在太空殖民衛星的人——也就是所謂的宇宙居民們更加渴望有朝一日能回到地球。這樣的論調雖然違反真理，卻是理所當然的結論。

然而繁殖的人類這種物種，前仆後繼地渴望回歸的地方只有地球，這又是人類的第二個罪過。

為了讓地球澈底重生，必須等待超過千年以上的時間，而在這千年之間，人類將會繼續繁衍增加吧。

也就是說人類必須有所覺悟，已經無法讓所有人居住在地球上了。

這也是人類很難接受的認知。

不過到了現代，已經是必須排除所有例外，讓人類大量移居太空殖民衛星的狀況。

〈……若非如此，當年夏亞掀起的反叛行為，以及當時死去人們的靈魂都無法獲得慰藉……〉

哈薩威是如此認為。

夏亞．阿茲那布爾明明將人類如此的醜陋欲望呈現給地球聯邦政府，但他也在聯邦政府壓倒性的戰力之下失敗了。這就是「夏亞叛亂」道出的真相。

當時哈薩威恰好有機會搭上父親指揮的軍艦。

並且親眼見識到何謂戰場。

之所以與名為葵絲．帕拉亞的少女相遇，也是因為那場戰爭。她以孩童般的純真目光看著那場戰爭，並讓戰爭填滿她的感性，最終消亡。

哈薩威聽見那名初戀少女的死，以及許多死在宇宙戰場之人的靈魂聲音。

他是這麼相信的。

不過哈薩威也相信，在夏亞叛亂的最後，許多哀號的人們也都聽到那些為了保護地球而不分敵我，全數遭到烈火焚燒的人們慘叫吧。

在那之後，哈薩威不得不學習單純個人與組織之人的差異，也去弄清楚夏亞·阿茲那布爾這個人的經歷。

得知相關結論總是會歸結到夏亞認為不可讓孕育人類的地球滅亡，必須保全地球這一點時，哈薩威感到非常認同。

不過現實卻將麻煩的現象赤裸裸地揭露在人們面前。

只要打著太空殖民衛星時代的主張——讓地球變成幾乎無人居住的狀態，以及公平實施移民法的大旗，這些身穿黑色制服自稱獵人的人們檢舉非法滯留者的行為，看起來便是正義之舉。

〈……只要有所謂的例外，人就會鑽漏洞……〉

哈薩威與開朗的計程車司機道別之後走了大約五分鐘，步入塔薩戴伊飯店。

飯店櫃檯向哈薩威轉達調查局明天早上十點會派車前來迎接的訊息。

琪琪不在房裡。

哈薩威原本想前往餐廳，接著又為了避免與那些在豪森上認識的內閣長官們打交道的麻煩，因此選擇客房服務。

然後又刻意做出邊吃邊挑選明信片這種沒教養的行為，打算混淆琪琪的視聽。

不過哈薩威也有所覺悟，只要琪琪把她感受到的事都告訴肯尼斯，自己無論如何是逃不掉的。

即使這樣也無所謂。

至少海椰子可以接收鋼彈。他們也是為此而將馬法提的組織中樞轉移到這個地區。

哈薩威一邊覺得愧對同伴，一邊品嚐著香煎鰈魚時，琪琪回來了。

「唷！怎麼了，我們的英雄竟然在這裡默默吃晚餐？」

來者是肯尼斯。

「你怎麼來了？」

看到應該是大忙人的肯尼斯出現於此，讓哈薩威為之緊張。

「你在說什麼啊。明明是你丟下我自己跑出去散步，所以我才邀他一起打算吃晚餐

呢。上校明明很忙碌，卻很體貼……」

琪琪裝出沒事的樣子，逕自走進自己的寢室。

哈薩威一邊說出剛才想到的藉口，一邊確認肯尼斯有無向琪琪問起自己的事。

「什麼嘛，這點小事也要計較。」

「你們要去哪裡吃飯？」

「不告訴你。反正你們今晚同房吧？我要捷足先登……」

「請便……我無所謂。」

「我可不管後果喔？」

「我沒有那個打算。別說這些了，明天調查局跟你那邊的偵訊要怎麼辦？」

「我會請機組員和座位在座艙前半的內政長官們前來基地。調查局那邊問完之後，你只要在我做好的筆錄上簽字就可以了。」

肯尼斯一邊把玩哈薩威買回來的無聊土產一邊消遣他：

「你的品味真差。」

「因為我以前沒買過這種東西，有點想要手工製作的真貨……」

「哼……跟稍早的活躍相比，意外孩子氣啊？」

「是啊，我就是長不大……」

「我調查過你的事蹟了。在夏亞叛亂時偷偷溜上老爸的軍艦，最後不僅駕駛ＭＳ，甚至取得戰果。你擊墜了一架敵機吧？」

「…………其實是違反軍規……給老爸添了麻煩。」

「明明沒有經過訓練卻能駕駛ＭＳ，本身就很不得了了。好吧，反過來說，軍隊也是有著隨便的地方，所以才能做到那些事吧？」

「算是吧。」

「其實現在也是一樣。我調查了金伯利的工作內容之後，真的只能傻眼。」

「他不是出動前往奧恩培利，大肆活躍嗎？」

「別鬧了，那根本是刻意整我。我原本預定三天後就任，但因為豪森出事才會變成這樣。金伯利就是想在那之前取得戰果，並且回到宇宙。」

「喔──真的有很多狀況呢。」

「當然啊，畢竟是組織嘛。」

「辛苦了……」

「不，平民出身就是這樣。我也想要有個好父親。」

「有時候父親也會成為壓力來源。」

「這樣啊……」

「久等了。」

琪琪換上露出雙肩的深藍色連身洋裝，看起來心情很好。光是換套衣服就能轉換心情，也是女孩子的特權吧。

「上校，幫我繫緞帶。這個緞帶很軟很難繫……」

「好～好～」

肯尼斯向哈薩威眨了個眼，繞到琪琪身後替她繫好洋裝的緞帶。

哈薩威邊喝紅茶邊以眼角餘光觀察兩人，並且努力告訴自己，琪琪的所作所為應該是種遷怒吧。

11
米諾夫斯基飛行系統

以接近音速的速度緊貼著海面飛行的兩架機體，在夜晚的海面上拉出鮮豔的白色水花彩帶。

與舊世紀末相比，地球整體的監控網路非常鬆散，加上最近因為馬法提積極活動的關係，連監視用人工衛星的數量也減少許多，總之可以不用擔心被發現。之所以能達到這樣的結果，也是因為太空殖民衛星時代已成定局，人們的注意力過於放在宇宙上。

從兩架機體的迷彩無法判斷隸屬的單位。

雖說這兩架機體的外型與襲擊豪森的基座承載機有幾分類似，但光從扁平的機體甲板(Deck)處，搭載了兩架人形機器——也就是ＭＳ這點來看，便可得知它們不屬於襲擊豪森的急就章集團。

而那兩架人形機器，現在看起來就像閉著雙眼趴在甲板上的人。

魁梧的肩膀，流利的機體，強壯的雙腿，以及包覆頭部的頭盔本身，就是保護本體的盔甲。

『目前我等蓋爾瑟森前方沒有障礙物。金伯利部隊距離很近，最好當作隨時會遭遇妨礙行動！』

「了解！明白的。」

這是運送ＭＳ的扁平機體，蓋爾瑟森的駕駛艙與ＭＳ梅薩之間以有線方式進行的通訊。一旦散播造成電波干擾的米諾夫斯基粒子，都會盡可能用有線方式進行通訊。

「致蓋爾瑟森２號機。梅薩２號機的加烏曼了解現況，但金伯利那群笨蛋要趕過來防衛，至少會花上十五分鐘吧？」

『聽說新指揮官已經就任，而且還有配備新型ＭＳ的傳聞。加烏曼，你可別瞧不起對方了。』

「昨天才到任的指揮官真的能好好指揮部隊嗎？應該跟金伯利差不多吧。」

領頭的蓋爾瑟森２號機上搭載的梅薩２號機駕駛員加烏曼．諾比爾，是個不時會在意自己厚斗下巴的三十多歲男子。

雖然原則上穿著駕駛服，給人一種看起來不像正規軍的輕鬆感覺，但也不至於像豪森劫機犯那麼粗魯。

11　米諾夫斯基飛行系統

『好——可別再打呵欠嘍。會合點如同預定。要是發生什麼萬一，就釋出誘餌氣球並等待救援。』

「唉唷，好可怕喔——！」

領航的蓋爾瑟森2號機以側邊燈光對跟在後頭的蓋爾瑟森3號機打出原始的摩斯電碼。

蓋爾瑟森3號機接收到信號後，將航道稍稍往左偏移，前往逐漸靠近的左邊海岬。

『就當作金伯利部隊已經掌握我們的行蹤！明白嗎！』

「了解！」

加烏曼為了戒備左右兩邊，於是開啟覆蓋整個駕駛艙的實景顯示器。高速流逝的光景化為比實際更明亮一點的視野，顯示在加烏曼身邊。

所謂的實景顯示器正如其名，是種不僅會以駕駛員實際看到的感覺顯示周遭景象，還能將以瞄準鏡為首的諸多情報投影出來的系統。

也就是說，目前螢幕上顯示的影像，是將好幾台攝影機拍攝到的景象，以駕駛員的視線高度為參考基準，透過電腦分析的方式重新顯影的模擬影像。一些依稀點綴在水平面上的光亮，也如同實際看到一般重現。

「我的目標是……」

加烏曼讓複合式螢幕右下角的顯示器顯示大堡的地圖，並將出動之前輸入的目標重疊在地圖上。

地圖上浮現兩個×記號，其中一個是塔薩戴伊飯店。加烏曼把×記號標註的地點與實景顯示器的影像聯動，接著一併連結機槍與飛彈的瞄準系統。

也就是說，一旦運算這些影像的電腦系統遭到破壞，MS這樣的高科技機械立刻會變成普通的人偶。

「嗯，大堡這邊有七個內政長官正在睡大頭覺吧。真可笑，是不是太瞧不起我們馬法提了啊？」

加烏曼往前看，原本來自大堡的淡淡光束已經快速貼近。

『聽好了！最多就十分鐘，之後一定要撤出戰鬥空域！』

「好啦好啦～西貝特老兄，知道了啦。」

『不要亂來，我們要好好為昨天發生的獵殺行動致謝啊。別被幹掉了！』

正在兩人對話之時，海岸線的燈光淡淡地從左邊貼近，然後在下一秒，這條光帶刷地通過下方。

「…………嗯？」

加烏曼看到後方的梅薩４號機從蓋爾瑟森３號機上出動。梅薩畫出弧線侵入大堡城鎮區左方，也就是西邊的方位。

『芬瑟！該你了！……三、二、一！』

由芬瑟．梅恩駕駛的３號機，從加烏曼的梅薩２號機旁邊起飛。蓋爾瑟森則因為機體承重減輕的關係而稍稍上浮。

這個狀況充分刺激加烏曼的情緒，因為即將接戰而激動。

『三、二、一！』

蓋爾瑟森２號機的西貝特．安哈恩再次下令。

「好，唷！」

下一秒，加烏曼的梅薩２號機從蓋爾瑟森２號機上起飛。

「…………唔！」

這種類型的ＭＳ在重力環境的活動並非那麼順暢。

但自從在宇宙作戰變成常態之後，軍方已經養成無論在什麼地方開打的局部交戰，都要派遣ＭＳ投入作戰的習慣。這一方面是經濟層面導致，另一方面只證明了人是種保守的生物。

ＭＳ在地球上與其說是飛行，其實更像一口氣加速衝向空中，一邊呈拋物線下墜一邊作戰。這時雖能改變航向，也能夠加速減速，但並不算是飛行。無論是加烏曼駕駛的梅薩，還是金伯利部隊現在制式採用的古斯塔夫・卡爾都一樣。

加烏曼一邊承受著推進帶來的Ｇ力，一邊確認自動機體平衡系統，正在校準機體與實景顯示器和目標之間的狀態。

透過計算大堡城鎮散發的光芒細節與山脈形狀，讓機體對準目標進攻。

加烏曼的第一個目標是麗晶酒店。

瞄準的機制不是透過雷達，而是以電腦分析實際目視可得的景象，並與目標顯示器比對，如果目標出現大幅度的外觀改變，將會無法瞄準。有時候也會因為雲層過厚導致攻擊失誤的狀況發生。

「……好——為遭到連累的諸多靈魂表示哀悼之意，請原諒我。」

加烏曼解除自動攻擊的限制，將目標顯示器對準麗晶酒店上空，扣下扳機。

碰！

紅色火焰在包圍整個駕駛艙的實景顯示器左右兩側與正面畫出線條，機體順勢提升高度。

光球從下方「轟！」膨脹，轉瞬之間已被拋在後方，加烏曼切換到下一個攻擊目標，讓機體往側邊移動。

「…………唔！」

加烏曼持續使用自動攻擊機制，靈活觀察周圍的顯示器。

碰！

左邊，金伯利部隊駐紮的機場冒出幾根赤紅火柱。

「高爾夫！別被幹掉啊，你的攻擊目標最危險。」

加烏曼一邊將操作從自動切換為手動，一邊讓機體快速掉頭。

下一個目標雖是哈薩威住宿的塔薩戴伊飯店，但為了製造方便哈薩威逃脫的時機，加烏曼必須爭取一些時間。

當然了，這是由於哈薩威提供相關情報才能安排的作戰計畫。這樣的作戰計畫雖然建立在哈薩威能迅速採取行動的前提之下，但仍需要一些時間。

即使哈薩威因為駕駛梅薩4號機的高爾夫執行的攻擊，與方才加烏曼的攻擊而立刻採取行動，還是需要幾分鐘的時間。

加烏曼之所最後從蓋爾瑟森起飛，也是為了爭取這些時間，再加上蓋爾瑟森不能長時間滯留於大堡空域，所以加烏曼必須自己在戰鬥區域爭取時間。

沙沙沙！

加烏曼駕駛艙裡的顯示器因為下方生長的樹木，影響了視野範圍。叢林密布的地點對ＭＳ來說，雖是最能夠安心的落地位置，但梅薩的重量仍使整架機體重重下沉。

「…………唔！」

加烏曼透過複合式螢幕確認自身位置。

「好……一分三十秒嗎……真是難熬啊……」

這種時候只能乾瞪著時鐘。如果憑感覺去做，會在還沒不到一半時間之時就行動。空襲過後還讓機體停留在戰鬥區域裡，等於是自行放棄逃脫機會。

加烏曼撐過這段空檔，上空沒有對方迎擊的動靜。

「……好——！哈薩威，你可要順利逃跑啊！」

加烏曼讓梅薩蹲低，採取彷彿人類準備跳躍的姿勢，打開主噴嘴。

轟——！後方噴嘴排放的高熱氣體燒焦周圍的林木，還壓倒了幾棵椰子樹。

加烏曼的視野隨之擴展。

「芬瑟和高爾夫呢？」

左邊可以看到飛彈尾焰。

「應該沒有失手吧。」

加烏曼為了攻擊塔薩戴伊飯店而讓機體轉身。

「小少爺，快逃啊！」

只不過這波攻擊應該會遭受肯尼斯旗下的ＭＳ部隊攻擊，所以才是由加烏曼負責。

加烏曼將偵察用的放大畫面顯示在實景顯示器，心裡覺得應該很有機會成功。

他凝視著顯示器的瞄準記號。

＊　＊　＊

「來了嗎？」

當高爾夫的梅薩４號機攻擊金伯利部隊時，哈薩威隔著枕頭聽到些許的地鳴聲，反射動作跳了起來。

身上穿著內衣褲與裝有少量文件的祕密口袋，接著抓起襯衫披在身上，衝進客廳。

哈薩威靠著客廳腳下的夜燈，打開與寢室相反方位的法式窗。

「那是……梅薩……」

哈薩威這時才看到加烏曼駕駛的梅薩2號機攻擊的火線，於是敲響琪琪的房門。

「琪琪！是空襲！快起來！」

琪琪跟肯尼斯的晚餐意外地早早結束，她應該已經上床休息了。即使如此，哈薩威仍在聽到琪琪回應之前便先去拿外套。

「……什麼事！」

琪琪披著睡袍，手拿著包包出來了。

「去穿鞋子！飯店成為攻擊目標了。」

「為什麼？」

「應該是因為聯邦政府高官入住了吧，當然會被攻擊。」

哈薩威聽起來很像藉口的都還沒說完，琪琪已經穿好鞋子衝到走廊。

「是馬法提嗎？」

「我不知道。竟然空襲市鎮……」

「馬法提．艾林不就是你嗎！」

哈薩威無視琪琪這句話中帶刺的發言，沒有放開琪琪的手腕便往電梯前去。

「即使如此，馬法提也是個組織，不是單一個人。」

「騙人……！」

「也可能是奧恩培利的那群私人部隊，我不確定。」

「你為什麼還能說這些有的沒的！」

「現實沒有這麼單純。」

哈薩威明白琪琪想說什麼，但他有股衝動，想告訴她現實存在諸多可能性。

跑在前面的中年男女按下電梯開關的同時，哈薩威兩人也來到他們身旁。

「你們是……？」

這對中年男女似乎對這兩個年輕人待在這個樓層感到懷疑。

「飯店的住客。」

哈薩威似乎帶著怒意的回答讓看似政府關係者的夫妻不再多話，凝視著電梯門。尷尬的氣氛圍繞四人之後不久，電梯門就打開了。

「琪琪……？」

哈薩威以搞不懂狀況的態度看著琪琪。

「沒事……進去吧。」

如此說道的琪琪輕巧跳進電梯。雖然哈薩威什麼都沒說，但琪琪明白他的疑問。

那對看似夫妻的政府關係者也在哈薩威兩人行動的牽引之下，進入電梯。

「電梯應該不會中途停下吧？」

男士一邊拉好睡袍衣襟，一邊詢問女方。

「如果遭到轟炸就會停止。」

哈薩威強硬打斷男士的發言，琪琪則是把「你不是保證沒事嗎？」這句話吞了回去，因為哈薩威已經認可琪琪就是這樣的對象。

中年女士一邊用手撥弄凌亂的頭髮，以有如看到怪東西的態度對哈薩威蹙眉。

狹小的電梯裡瀰漫性愛的芳香，應該不是錯覺。琪琪輕輕將臉靠在哈薩威的肩上。

「…………嗯？」

哈薩威因為電梯裡面還有兩名應該是夫妻的男女，所以沒有對琪琪的反應採取過多動作。

「……你為什麼問我？」

琪琪抬眼向上看，嘴唇仍抵著哈薩威的肩頭，彷彿不想被一旁的夫妻聽到對話內容般低聲說道。但其實不是這樣，琪琪明顯是想咬哈薩威的肩膀而動了嘴唇。

「……我想賭賭妳的直覺……」

「如果是這樣，就把剛剛那些錯綜複雜的事說明清楚。」

如此說道的琪琪，明確咬了哈薩威的肩膀一口。

「之後再說。」

「而且你啊，明明就穿著內衣褲睡覺吧。」

哈薩威不禁因為琪琪的敏銳而嘆息，而琪琪以全身接下哈薩威的反應。

「……果然……你打算做些可怕的事吧。」

琪琪舔了一下哈薩威的肩膀，哈薩威覺得這有如惡魔的舔舐，上半身起了雞皮疙瘩，但是生理上並不排斥琪琪這樣的人。

畢竟兩人是同類。

「……妳有沒有聽到聲音？轟炸的聲音……」

哈薩威為了扯開話題，說些沒意義的發言。

「好像有聽到……」

琪琪之所以這樣回答，並非是覺得不要再欺負哈薩威，而是因為她知道兩人之後還有充分的相處時間。

可是哈薩威確實覺得應該要跟琪琪道別，然而因為無法預測這麼做的得失，因此還沒下定決心。

只是知道與琪琪為敵很危險，無法下定決心。

轟！

電梯在搖晃之後緊急停止，接著切換成緊急照明。

「……被攻擊了！」

「議員……！」

年長男女發出絕望的呻吟。

「嗚嗚嗚……」

琪琪的手抓住哈薩威的襯衫背部與胸襟，不住發抖。

「……嗯？這麼快……」

哈薩威一邊吐露會讓琪琪察覺真實身分的發言，一邊按下電梯內閃著紅光的緊急按鈕，用手拉開電梯門。

電梯正好停在某個樓層。走廊正前方有著發出哀號的人影，散發螢光色澤的三樓標示非常醒目。

「動作快……」

哈薩威摟著琪琪的腰跑向樓梯。

「嗚嗚……」

琪琪表現得非常害怕，緊緊抓住哈薩威拿著外套的手臂不放。

在櫃檯前方的打火機與緊急照明下呻吟的人們，不知為何看不出有往外跑的打算。

「是馬法提！好像正在電視上發表。」

「他們說這是天誅，快轉到第三台。」

櫃檯方向傳來這樣的怒吼，手電筒映照的椰子樹影大得詭異。

「空襲還在持續嗎？」

「接下來就是這棟樓要被炸了！」

就在出現這樣的聲音時，哈薩威為了避免被這群烏合之眾牽連，朝著櫃檯旁邊的小門奔去。

「哈薩威……」

「……別擔心。」

哈薩威無論如何都很難認為剛才咬了他肩膀的琪琪，和現在眼前這個顫抖不已的琪琪是同一名少女，於是護著她跑在通往外面的小路。

兩人走下連接馬路的樓梯，哈薩威把自己的外套蓋在琪琪頭上，往右邊跑去。

馬路彷彿不知遭到空襲，路燈依然照耀兩人，在步道投下細長的影子。

漸漸泛出曙光的東方天空沒有高樓大廈阻擋，視野無比遼闊。

12 航程結束

碰咻，喀嘰嘰嘰嘰……！

在這道強烈聲音之後，拖得有點長的聲音瞬間劇烈撼動行道樹。

「唔……？」

哈薩威因為這個與普通ＭＳ截然不同的巨響而停下腳步，緊抓著他的腰的琪琪往前一個踉蹌後勉強站穩。

一個黑色機影竄過東邊的開闊空間，緊貼前方低矮山影飛行爬升，然後突然轉向。

「真是不得了的運動性能……那是ＭＳ嗎？」

「什、什麼？」

琪琪從哈薩威的外套底下探出頭，那張臉看起來毫無血色，呈現通透狀態。

「是聯邦軍的ＭＳ。」

「啊、啊啊……？」

琪琪睜大的瞳孔裡，沒有映出任何東西。

哈薩威摟著琪琪單薄的身子，再次往前奔跑。

〈如果那是新型ＭＳ，就表示亞納海姆幹了什麼……〉

這是哈薩威的想法。

一般認為ＭＳ在重力環境無法自由飛行，不過仍有例外，就是米諾夫斯基推進器。

將米諾夫斯基粒子的反動力當成推進燃料的引擎，比燃燒化學藥劑的引擎更小更輕，而且更能獲得強大的推力。

然而如果沒有配備核融合爐，就無法獲得足以讓米諾夫斯基粒子產生推力的熱能，也因為技術難度特別高，配備米諾夫斯基推進器的ＭＳ仍處於實驗階段。

這次哈薩威在月球的某一亞納海姆工廠測試的Ξ鋼彈，正是配備米諾夫斯基推進器的機體之一。儘管預料到地球聯邦軍也會採用這項技術，但哈薩威仍受到相當程度的打擊。

＊　＊　＊

加烏曼・諾比爾的梅薩2號機還沒有離開大堡空域。

就在他攻擊塔薩戴伊飯店後準備飛越海洋上空時，因為配備在金伯利部隊所以很熟悉的MS，四架古斯塔夫・卡爾出動迎戰，所以不得不往上方爬升。

那四架機體原本打算追蹤已經擺脫金伯利部隊防空砲火的芬瑟機和高爾夫機。

儘管加烏曼採取爬升方式打算脫離，但MS的爬升能力仍有其極限。加烏曼只能採用Z字型軌跡下降避免四架古斯塔夫・卡爾的包圍，並閃躲其攻擊。

這麼一來，加烏曼只能背對城鎮。因為這下子敵人便不會發射飛彈，加烏曼可以用近戰方式一一應付。

也就是採用機體本身配備的火神砲和最有MS作戰風格的光束軍刀互砍。

「夠了，再靠近一點！過來啊！」

加烏曼讓開始降落的梅薩2號機舉起右手上的光束步槍連續射擊。

光束步槍因為連接主引擎，所以不能恣意使用，加上MEGA粒子砲具有在大氣環境之下，長距離威力將會嚴重衰減的特性，所以加烏曼只能使用能源消耗較低的光束軍刀突破包圍網。

只不過即使加烏曼背對大堡市區，金伯利部隊的古斯塔夫・卡爾仍然毫不猶豫地發射飛彈。

因為這些飛彈不是追蹤飛彈，因此如果沒有直接命中加烏曼的梅薩，就會落入市區。即使沒有掉落也會在市區附近引爆。

「這些傢伙！認真的嗎！」

加烏曼因為四架古斯塔夫・卡爾採取完全不在乎城市安危的作戰方法，不禁發毛。

除了轟炸政府高官外，馬法提的駕駛員不會主動攻擊城市，即使進入MS攻防戰，也沒有聯邦軍駕駛員攻擊城市的前例。

而且政府要人住宿的飯店或別墅大多位在郊區，馬法提並沒有頻繁連累普通平民到令人髮指的程度。

大堡這裡算是例外。

然而現在不一樣。

金伯利部隊已經不是之前的金伯利部隊，這個變化很明顯是因為肯尼斯的到任。

即使加烏曼的梅薩已經來到距離大堡市區上空幾百公尺的高度，古斯塔夫・卡爾仍窮追不捨地發射飛彈，並用上光束步槍。

因此城市各處發生爆炸，冒起黑煙。

「唔！」

支撐加烏曼的座椅「咚！」地搖晃。

無論MS的裝甲有多紮實，遭到火神砲命中仍會影響各部位的動作。如果直接命中配備主引擎的背包部位，核融合爐就會報銷。

碰！

極近距離發射的火神砲命中胸部附近的裝甲。

「嗚，啐！」

不巧的是目前空中沒有可讓加烏曼躲藏的低矮雲層，於是他為了加快落地的速度而點燃後方噴嘴，並在這時發現其他敵機。

那道影子有著往年噴射戰鬥機的外型，直接飛過加烏曼的梅薩身旁。

「什麼？」

那架機體接著轉向，往梅薩衝了過來，並灑下火神砲的彈雨。

碰碰！轟咚！

駕駛艙劇烈搖晃，加烏曼回頭時，那架機體輕巧地直立起來，停在空中。

加烏曼不假思索便加快落地速度，往地面衝去。

塔薩戴伊飯店就在正下方，還沒順利逃離的哈薩威與琪琪，以及為了哈薩威安排的下一個聯絡人愛梅拉達・祖賓應該也還在附近。

愛梅拉達・祖賓是代替米赫莎來到塔薩戴伊飯店前方監控哈薩威的行動，並適時提供輔助的女戰士。

她是個在MS駕駛員測驗落榜，於是來到地球的二十六歲女性。

也是最適合搭配MS作戰行動，潛伏於攻擊地點的人。

她在自己的車裡看到哈薩威衝出距離正門有段距離的出入口，於是下車跑到車道。

「為什麼往反方向跑啊！」

原本以為哈薩威會就此逃離飯店，不過因為還帶著琪琪，所以往愛梅拉達停車位置的反方向跑開了。

愛梅拉達翻過護欄，藏身在湧出飯店的人潮裡，縮短與哈薩威之間的距離。

〈竟然帶著小女孩，到底是怎麼回事！〉

儘管愛梅拉達在心中抱怨，仍然繼續往前，就在她與哈薩威之間的距離已經縮短到剩下幾公尺時——

「啐！」

一道壓在頭上的巨響令她抬頭看向天空，只見加烏曼的梅薩2號機正被兩架古斯塔夫・卡爾壓著往下墜落。

更上方還有另一架MS呈現滯空狀態緊跟在後。

「到底在搞什麼！」

愛梅拉達的罵聲未落，追蹤的一架古斯塔夫・卡爾的砲擊拉出一條火線，直接命中前方的柏油路，引起爆炸。

「啊嗚！」

爆炸的閃光在步道上映出趴下的哈薩威和琪琪的影子，柏油路的細小瓦礫打痛了哈薩威的背。

「嗚……！」

即使在這種狀況下，哈薩威仍充分感受琪琪的顫抖，她那年輕曼妙的軀體，具備吸引自己肉體的力量。

「可惡！」

哈薩威想要甩開在這種狀況下還冒出來的非分之想，仰頭往上看。

於是看到加烏曼的梅薩2號機在微亮的天空往下墜。

「啊啊！」

「ＭＳ掉下來了！」

諸如此類的慘叫從哈薩威左右兩邊襲來。

「站起來！」

哈薩威抱起琪琪用外套包住的頭，跟著人潮跑了起來。

「啊嗚！啊啊！」

哈薩威清楚聽見琪琪在外套下一邊呻吟一邊喘氣，痛苦的程度甚至讓哈薩威擔心她是否會就此窒息。

「你們覺得被機器踩扁也沒關係嗎！」

愛梅拉達跟在兩人後方，看著哈薩威的一舉一動。

米赫莎只有說琪琪的存在會讓哈薩威惹上麻煩，但就愛梅拉達實際看到的感覺，只是一個男人很珍惜旅行途中認識的女孩而已。

愛梅拉達繞到哈薩威身邊撞了他的肩膀，通知他自己在這裡。

「啊啊……？」

哈薩威認知到愛梅拉達的存在，呼出一口氣。

愛梅拉達看到哈薩威的反應，覺得他並非別有意圖才帶著這個少女。

碰轟！這時火神砲又在行走於步道上的人們頭上咆哮。

「呀啊！」

「啊嗚！」

琪琪往前一個踉蹌，鬆開了哈薩威的手，接著張大嘴巴努力想要吸氣。

咚碰碰！

前方揚起煙塵，柏油碎片與水泥塊，連人的身體都在飛舞，消失在席捲的煙塵裡。

「往那邊！」

愛梅拉達不單是對著哈薩威，也同時對周圍的人們大喊。

她推著哈薩威過去的方向，公園的入口就在步道右邊。

哈薩威對著愛梅拉達點點頭，三人一起躲到公園的樹下。這時也有很多人影往樹下奔去。

「掉下來了！」

愛梅拉達對著哈薩威大喊，話中帶著諸多含意。

「畢竟在各個方面都樹敵了！」

哈薩威也以這種方式向愛梅拉達說明琪琪是個怎麼樣的存在。
「上面跟下面都有？」
哈薩威以眼神示意，琪琪正是這樣的對象。
「…………唔！」
愛梅拉達也只能接受，哈薩威保護這個少女肯定有更深層的意義。
碰轟轟轟……隆隆隆……
MS的後方噴嘴拖著長長的尾音通過頭頂，接著「碰咚！」一聲，物體劇烈碰撞的聲音籠罩在公園上空。
咚轟——！啪唰啪唰……！大量玻璃粉碎，物體滑落，聲音瞬間戛然而止。
哈薩威與愛梅拉達承受著這些巨響帶來的暴力，回頭望去。
〈……加烏曼！〉
哈薩威隔著公園的樹頂，看到加烏曼的機體背靠辦公大樓往下滑。
「那邊也有聯邦軍！」
愛梅拉達轉頭看往公園深處。
「……什麼……？」

一架古斯塔夫・卡爾在公園右前方落地，粗壯的雙腿折斷公園樹木，彼此距離甚至不到二十公尺。

砰唰——！

閃光與巨響出現的瞬間，熱風席捲哈薩威與琪琪，感覺衣服快要被從身上扯掉。

光束步槍發出的熱線燒灼冰冷的早晨大氣，在頭上「碰咻——！」畫出一條線。

加烏曼機用來當掩護的大樓牆壁與玻璃因為高溫白化，迅速朝著內部融化。

「嗚……！」

愛梅拉達大幅度踉蹌，急忙抓住身邊的樹。

「啊啊啊——！」

琪琪將包包抱在胸前，整個人為之僵硬，發出有如野獸的尖銳叫聲。

「琪琪！這邊！」

哈薩威摟著琪琪的纖腰，拖著她的身體往左邊林木再過去的厚實水泥牆大樓移動。

然而哈薩威隔著琪琪的頭，看到在朝陽照耀下的加烏曼機正遭受前方古斯塔夫・卡爾的機械手攻擊。

唰嗡！

兩架機體的機械手互相碰撞，並且都想拿起配備在腰部的光束軍刀刀柄。但是彼此也牽制著互相的行動，全長將近三十公尺的巨人企圖搶先造成對方傷害，揮舞著手臂與腿展開撞擊。

感覺就好像是數輛戰車的裝甲正在彼此碰撞。

鏗——！咚！

鋼鐵拳頭打在厚實的肩部裝甲上，金屬之間彼此摩擦迸出火花，支撐機體的骨架嘎吱作響。

梅薩2號機的動作比較靈巧，看起來在這場巨人格鬥戰中占盡上風。

不過這時又有一架追來的古斯塔夫．卡爾在梅薩2號機身後帶著鋼鐵色澤的大樓屋頂降落，砸破了天花板。

那架機體沉甸甸落下，金屬碎片和水泥碎塊四處飛散。

附近也因為古斯塔夫．卡爾的腳步濺起柏油路碎片，揚起步道緣石，折斷行道樹。

加烏曼機抬腳一踢，「啪嘰——！」某種東西斷裂的聲音隨之響起，面前的古斯塔夫．卡爾右手就此彈開。

加烏曼機毀了古斯塔夫．卡爾的光束軍刀刀柄，相當程度的放電火光從腰部噴出，刺痛了哈薩威的眼。

「……唔！琪琪！妳沒事嗎？」

哈薩威把琪琪的身體按在大樓水泥牆上，掀開外套。

「啊呼……啊呼……！」

琪琪將手包緊緊抱在胸前，頭髮貼在蒼白的臉上，彷彿金魚在水中呼吸那樣反覆張口閉口的動作，不斷流淚。

她像個小嬰兒一樣哭著，然而身體無力，臉上毫無血色的模樣看似將死之人。

那是沒有抵抗能力的小孩在恐懼時會有的反應。

嗡——！

哈薩威抬頭看到在公園落地的古斯塔夫．卡爾拿出光束軍刀，那道閃耀粉紅色的熱源之所以立刻消失，是因為對方正在測試軍刀能否正常使用。

哈薩威雖然在意加烏曼的狀況，但是也沒有餘暇從大樓暗處觀察，因而焦躁不已。

〈愛梅拉達……！妳想要我拋下她嗎……〉

哈薩威即使在內心吶喊，看著眼前琪琪那令人不忍直視的哭臉，也無法放開至今仍護著她的雙臂。

「……過分，太過分了。我好怕……」

琪琪總算說話了。

「嗯……沒錯，真的很過分……」

哈薩威竟是接納了琪琪的說詞。以邏輯上來說，他當然想拒絕這樣出自少女心的發言，但他辦不到。

但是哈薩威仍告訴自己，自己的情感不可貼近琪琪的感傷。

〈只要往愛梅拉達那邊跑就好了！就這麼簡單。〉

儘管哈薩威這樣告訴自己，但卻做不到，所以只能認為琪琪的恐懼是裝出來的。

但哈薩威的手仍因不想拒絕琪琪而舉棋不定。

〈……葵絲，幫幫我……〉

哈薩威緊緊摟著琪琪的手臂和腰，一邊懷疑自己是不是會被接觸的肌膚吸收，一邊在心中大叫。

這時「轟！」響起地鳴。

「唔……！」

哈薩威看向左邊，接著地面為之晃動。他看到古斯塔夫・卡爾退開，並撞倒了公園樹木。

喀啦！啪啦啪啦，轟！

水泥碎片化為陣雨灑落在頭上。

「啊——！」

琪琪在哈薩威眼前放聲慘叫，簡直像是在電影院看到特寫畫面一樣。

哈薩威把琪琪的身體往公園方向推去，兩人一起滾倒在地。

似乎有一架古斯塔夫．卡爾降落在哈薩威二人倚靠的大樓屋頂。

「…………嗯？」

哈薩威瞬間觀察四周，沒看到愛梅拉達的身影。

雖然有種被丟在空無一物之處的無力感，當兩把光束軍刀在他的視線上方激烈衝突，火光灼燒他的視網膜時，這些感傷便被拋諸腦後。

加烏曼機壓制著古斯塔夫．卡爾，砍了下去。

碰轟——！

四散的火光燒焦了地面與樹木，但這些火光沒有直接命中哈薩威兩人。即使只是些微粒子的碎片，也具有超過火神砲彈的威力。

哈薩威抓起嘴唇與半邊臉頰不住顫抖的琪琪的手，也不管她的身體幾乎拖倒在地，就這麼打算跑開。

「啊嗚……！」

「快跑啊！」

哈薩威拉著琪琪的身體逃往下一棟大樓，即使在這段時間，ＭＳ的光束軍刀依然在他們頭頂的樹木上方互相碰撞，迸出火光，讓周圍空間充滿離子與熱氣，甚至有棵樹直接起火燃燒。

咚！哈薩威背靠著大樓牆壁，一邊拉起琪琪的身體一邊抱住她。

緊緊抱著精神瀕臨崩潰的琪琪，看著兩架ＭＳ正以公園和另一邊的車道為舞台，上演光束軍刀對決的戲碼。

就在這時，降落在梅薩２號機身後的一架古斯塔夫．卡爾衝過來。

「…………唔！」

哈薩威摟住琪琪年輕的肉體，忍耐不要喊出加烏曼的名字。

碰嘰！這應該是哈薩威第一次聽到光束軍刀融化ＭＳ裝甲發出的聲音吧。

可以想像是巨型焊接機瞬間爆炸，加烏曼機側邊的閥門如同瀑布噴出大量蒸氣。

這時「喀嚕嚕！」的聲音響起。

「…………嗯？」

一架哈薩威沒看過的機體掠過上空，滯留於加烏曼機略為上方的空中，一腳踹向加烏曼機的頭部。

「啊……？」

簡直有如漫畫當中的情境。

哈薩威看著加烏曼機往左邊歪斜，於是沿著牆壁往後退，藉此拉開與ＭＳ的距離。

琪琪仍緊緊抓著哈薩威的胸膛，弄濕了哈薩威的襯衫。

「唔……！」

愛梅拉達從樹木陰影下方衝過來，先跟哈薩威使個眼色——

「……啊，對不起。」

接著刻意撞向哈薩威，趁機將手塞進哈薩威的西裝褲口袋。

「…………嗯？」

加烏曼機為之踉蹌時，另一架古斯塔夫過來抓住加烏曼機的一條手臂。

愛梅拉達見狀便往公園深處奔去，但哈薩威若沒先安撫琪琪就跑不了。此時一架聯邦軍的基座承載機，正在愛梅拉達奔跑路上準備降落。

「……唔！奈貞嗎……？」

哈薩威取出愛梅拉達塞給他的紙條閱讀內容之後，一邊安撫琪琪，一邊以單手撕碎紙條丟棄。

「琪琪，戰鬥結束了……琪琪……」

「……好可怕，我不要……好可怕……！」

「妳聽，安靜下來了對吧……安靜了……？」

即使如此，ＭＳ的關節仍喀嘰轉動，琪琪一聽到ＭＳ踩踏大地的聲音便感到害怕。

「……機械的聲音還沒停止……」

琪琪總算從哈薩威的胸前抬起哭花的臉，用力哭得不停。

13 司令官

哈薩威隔著公園燒焦的樹木，看到兩架古斯塔夫．卡爾分別從左右以光束軍刀威脅已經站不穩的加烏曼梅薩2號機。

這個畫面看起來就像人一樣。

也就是說，無論梅薩還是古斯塔夫．卡爾都一樣，戰敗方就不該再輕舉妄動，獲勝方也必須牽制對手，使之不再抵抗。

這樣的行為看起來很像人會採取的舉動。

加烏曼機舉高一條還能活動的機械手，表示敗北之意。而另一條手臂完全垂下。

「…………嗯？」

哈薩威聽到一架金伯利部隊的基座承載機降落在公園最高處草地的聲音，感到無所適從。雖然不想就此與金伯利部隊的士兵們打照面，但因琪琪仍在身邊，此時他也無計可施。

琪琪回頭看向哈薩威，儘管依然哭個不停，還是打算撥起沾在臉上的頭髮。

「上校是不是來了……」

琪琪的話說得斷斷續續。哈薩威看著梅薩的前艙門開啟，看起來像加烏曼的人影走出來。

「有人從MS出來了……」

「結束了……」

琪琪全身無力，軟趴趴地跌坐在地。

朝陽從側面照在高舉雙手走出梅薩駕駛艙的駕駛員輪廓上，形成的影子使機體看起來如此龐大，而這位駕駛員的對面可以看到古斯塔夫・卡爾的駕駛員也從艙門探出身子，打算以自身機體接觸梅薩2號機。

VOTL(垂直起降)性能優越的基座承載機幾乎是垂直降落在公園的小丘上，噴嘴噴出的氣流襲向哈薩威和琪琪。

「………」

琪琪縮起肩膀，承受著這股風壓。

「不可傷害俘虜！這可是第一次捕捉到的馬法提俘虜！」

聽見基座承載機傳來這個聲音沒多久，幾名士兵一口氣衝下來，並未關心哈薩威和琪琪，直直往ＭＳ的方向跑去。

「好、好冷……」

看到琪琪拉緊睡袍，上半身再次發抖，哈薩威於是將外套披在她的身上。

「哈薩威！琪琪！你們沒事嗎！」

「上校……！」

雖然因為合理的再會讓哈薩威覺得自身立場愈發危險，但也不好輕舉妄動。

昨晚琪琪平安無事回來，而且還心情大好地走回自己的寢室。如果哈薩威現在逃走，反而顯得可疑。

「上校！」

琪琪看到走下基座承載機爬梯的肯尼斯後搖搖晃晃起身，哈薩威的外套掉落在地。

〈好想逃走……〉

儘管意識催促他這麼做，哈薩威仍然撿起外套，避免肯尼斯覺得自己形跡可疑地朝他走去。

「有沒有受傷？」

「沒有，不用擔心。」

哈薩威一邊穿上外套一邊回答，這時肯尼斯則奔向琪琪抱住她。

「……上校！我好怕，我好害怕！」

琪琪的背影像是在撒嬌一般向肯尼斯訴苦。

「這樣啊……多虧你們逃掉了，畢竟飯店直接受到攻擊吧？」

肯尼斯以有如愛撫的動作撫摸琪琪的背，同時詢問哈薩威。

「是啊，而且我們還在ＭＳ格鬥戰下方四處竄逃。」

「這可真是災難啊……」

「太刺激了，根本無法承受。」

「進駕駛艙休息吧，裡面很溫暖。」

「嗯，嗯……」

肯尼斯從後摟著琪琪的背，帶領她前往基座承載機的爬梯。

「…………」

對哈薩威而言，如此親暱的景象令他不禁心生嫉妒。

再加上想到自己得走上金伯利部隊的基座承載機，哈薩威便不由得想轉身背對肯尼斯。

「你們照顧一下這個女孩！」

當肯尼斯對著基座承載機駕駛艙大喊時，哈薩威停在爬梯下方，回頭看向ＭＳ。

朝陽照得那幾架ＭＳ的上半身熠熠生輝，踢了加烏曼機一腳的ＭＳ位居中央，比其他ＭＳ多出一個頭的身高顯得格外醒目。

「那架就是名叫馬法提的組織使用的ＭＳ嗎？」

「嗯……正是如此。我也是第一次親眼看到……以到任第一天來說算是好成績。」

「……看起來是這樣沒錯……」

哈薩威的身體抖了一下。一旦興奮消散，早晨的冷空氣與自身行動的可笑確實讓他深有感觸。

「那架特別大的機體真厲害，那是什麼啊？」

「是新型ＭＳ，在我到任之前送達的機體。」

「一腳踹開馬法提的機體。」

「不不不，它的性能還沒充分發揮呢。我似乎太高估雷恩・艾姆的實力了。」

「……新型啊……原來如此。」

「很辛苦喔。為了調度武器，我可是在月球和布里司胡茲的太空殖民衛星上簽署了幾十份文件……這種工作只會讓人無奈。」

「從這個角度來看，馬法提倒是挺方便的。」

「就是說啊。我得好好教訓他們，問清楚到底是怎麼調度武器。真是的……另外還得重新鍛鍊金伯利部隊成員。那個從文官升上來的金伯利，真的很清楚怎麼讓軍人變成廢物呢。」

『上校！請問該怎麼辦！』

「怎麼了！」

肯尼斯舉起手腕的小型無線對講機大吼。

『請問是由我們移送俘虜嗎？』

「蠢材，帶過來這邊，我會親自移送。」

『了解！』

「真是的，這些ＭＳ駕駛員深信自己的所作所為一定不會錯。就因為這樣才無法執行作戰啊。」

哈薩威因為寒冷而縮起肩膀，雙手抱胸登上爬梯，探頭看看駕駛艙裡的狀況。

恰巧瞧見琪琪正在用面紙擤鼻水。

『把擄獲的梅薩運回基地！在那之前封鎖道路，只要呼叫載具就可以了吧！』

肯尼斯隔著無線電大吼的聲音無比清楚。

確實，如果換成這個男人指揮，哈薩威等人行動起來會變得更加麻煩吧。

「這樣好嗎？」

哈薩威詢問肯尼斯上校。

「進去吧，畢竟你也無法回飯店啦。」

「雖然還有一些行李，但是應該都毀了吧。」

「之後我再調查看看。喂！」

聽到肯尼斯的呼喊，一名駕駛員走出駕駛艙，邀請哈薩威入內。

「不好意思。」

哈薩威從後方座艙的斜邊進入駕駛艙。基座承載機的駕駛艙呈現橫向的寬敞構造，類似船艦的艦橋。

「打擾了。」

「很辛苦吧？」

駕駛員顯得很貼心。

「嗯……」

琪琪雙手捧著咖啡杯，正在喝咖啡。

「你要喝嗎？」

「咦……？好……」

琪琪的問題，讓哈薩威因為有點不知該怎麼看待似乎已經徹底忘記方才恐懼的她，臉頰不禁為之抽搐。

但琪琪似乎也沒有餘力去想像哈薩威心中的猶豫。

「……喏……」

琪琪輕呼一口氣，示意哈薩威快點接過自己杯子。

哈薩威一邊說聲「我以為有另一杯」一邊接下杯子，喝了一口。

「……嗯……」

從琪琪用過的咖啡杯喝到的咖啡暖意，帶給哈薩威難以言喻的安心感。

琪琪打個大呵欠，看了茫然望著咖啡杯的哈薩威一眼，把頭靠在哈薩威的大腿上。

「聽說你們遭遇空襲？」

基座承載機的駕駛員交互看向兩人。

「因為我們就住在塔薩戴伊飯店……」

「那還真是辛苦啊。」

「很可怕啊。」

哈薩威一邊覺得大腿上的琪琪體重令人舒暢，一邊看向駕駛艙左後方的公園。

被上了銬的加烏曼．諾比爾在數名士兵舉槍羈押下，朝肯尼斯等人的方向走來。

脫下頭盔的加烏曼，看起來果然很落魄。

哈薩威為了避免被加烏曼發現而稍稍往後退，喝了口咖啡看向ＭＳ。

梅薩２號機正在接受左右兩邊的古斯塔夫．卡爾檢查，而那架高大的ＭＳ則緩緩地打算垂直爬升。

「喔——好厲害啊，ＭＳ竟然可以那樣爬升。」

「是啊……因為有配備米諾夫斯基推進器。」

哈薩威前方的副駕駛跟哈薩威一樣，一直觀察著該ＭＳ的動靜並且說道。

「這邊！好好警戒前後左右！這可是我們第一次俘虜到馬法提的相關人員！」

在肯尼斯帶頭下，幾名士兵吵吵鬧鬧踏進後方座艙。

哈薩威把精神集中在身後，想藉此探查加烏曼的動靜，但仍沒有忘記窺探艙門的狀況。因為他認為要是一動也不動，反而會令人起疑。

他隔著登上爬梯的士兵，看到加烏曼下半身的動靜。

「過去！」

某個人命令加烏曼，加烏曼於是從哈薩威的視野消失。

「……你之前在聯邦政府軍的哪個單位？」

「西方第一百八十三號部隊。」

這是加烏曼的聲音。

「那裡？不就是只管玩樂的部隊嗎？」

「沒這麼誇張啦，在夏亞叛亂期間每天都有實戰訓練喔，比實戰還要精實。」

哈薩威雖然知道加烏曼本來就是面對這種時候也不會畏懼，但沒想到他這麼大膽。

「…………唔！」

若非如此，也不會安排他來攻擊哈薩威住宿的飯店吧。

「……回基地之後再好好審問你，儘管期待吧。我跟金伯利可不太一樣喔？」

肯尼斯上校先出言警告，踏進駕駛艙後便說聲「快去！」命令士兵。

「不用請這兩位下去嗎？」

「你們身上帶著卡片吧？」

肯尼斯看了看哈薩威和琪琪。

「這個嗎？」

哈薩威從襯衫暗袋拿出卡片給肯尼斯看，琪琪枕著哈薩威的腿，似乎真的睡著了。

「……很好很好，既然帶著這個就可當成客人對待。這兩位是地球聯邦政府正式認可的客人。」

「了解！」

這時一架古斯塔夫．卡爾搭上基座承載機上方的甲板，導致基座承載機晃了一下。

「叫大家動作輕一點。」

肯尼斯吼了部下一聲，接著看一下已經睡著的琪琪，小聲對哈薩威說道：「真搞不懂這姑娘。」

轟——！

噴射引擎毫不客氣地發出巨響，包圍整架基座承載機，以軍機特有的猛烈氣勢上升。

「……梅比斯！聽得見嗎！我們直接去飯店確認琪琪和哈薩威的行李是否平安！」

肯尼斯的怒吼雖然迴盪在艦橋裡，但人在門已經關上的後方座艙裡的加烏曼應該聽不見吧。

14

年輕駕駛員

又過了一會兒，哈薩威等人搭乘的基座承載機——凱薩利亞對準機場跑道，準備降落在金伯利部隊占據的角落。

「……啊，這裡果然被毀了啊。」

「嗯，那些傢伙真不得了，很清楚該打哪裡。」

哈薩威也是頭一次從空中仔細確認這座基地。豪森的側面窗戶幾乎什麼都看不見。跑道中央的建築物似乎沒有遭到攻擊，跑道南邊的整排機庫則有幾處挨炸的痕跡，附近的屋頂呈現焦黑狀態。

然而就在哈薩威不在地球上的這一個月裡，多了一棟新機庫，然後他發現新機庫尚未使用，就這樣保留著。

如果肯尼斯上校是強化金伯利部隊的負責人，哈薩威確實感受到他不僅成為新的指揮官，也充分補強了部隊戰力。佩涅羅珀可能只是冰山一角。

〈花了大把心力弄到一架鋼彈，結果竟是如此……〉

這個緣分當然可以說是神的惡作劇，哈薩示威則是抱持「上天逼得我們一較高下」的念頭。

哈薩威會有這種「上天安排」的思想，或許是受到母親米萊．八洲的影響吧。屬於東方人血統帶來的思考模式。

「有這麼稀奇嗎？」

肯尼斯的聲音突然傳進耳裡。

「那是當然，自從離開太空殖民衛星之後就沒看過這麼井然有序的景象，讓人覺得這真的是汙染地球的人造物。」

「這是專攻植物學之人的偏見。如果不是傳聞表示馬法提在南太平洋海域設置了基地，我們也不會這麼做。」

「那個傳聞是真的嗎？」

「我們與奧恩培利取得聯絡了，金伯利那傢伙在打垮聚集於該處的私人部隊之前不會回來。」

「金伯利不是前任指揮官嗎？他知道你要來還出動嗎？」

「是啊，我不是說過他就是這種人嗎？」

「那要怎麼辦？」

「我會用我的方式指揮。畢竟我有上面的正式文件。」

肯尼斯笑著開口，並從座位旁邊取出馬鞭「啪啪！」輕拍手掌。

「地球聯邦政府的高官是不是搞不清楚狀況啊？」

「應該吧……那些白痴根本不懂目前往地球集中的危機，也不懂馬法提是認真的，今天早上才又有四個人遇害。」

「有這麼多人……？」

「再過一個小時，馬法提就會利用干擾訊號的方式播放自身宣言。」

咚！

隨著輕微的衝擊，基座承載機降落在毫髮無傷的機庫前方。

「等我一下。」

肯尼斯俐落地從中央座位起身，揮著馬鞭看向後方座艙。

「啊……可以下去嘍。」

駕駛員親切地對哈薩威說道。

「咦……？」

哈薩威腳邊前方的地板「喀！」一聲打開，接著看到梯子往下延伸。

「……嗯？這樣好嗎？」

「已經不會冷了吧？總不能讓小姐一直睡在這裡。」

「嗯，說得也是……琪琪，起床了。琪琪……」

「你們不要走太遠，車馬上就來了。」

「不好意思。」

「好冷喔～……」

琪琪把膝蓋縮回睡袍裡，抬起上半身。

「外面已經開始變暖了。」

哈薩威讓琪琪靠在旁邊的椅背上，接著背靠梯子走下去，來到基座承載機下方。

「…………嗯？」

基座承載機側邊的艙門開啟，軍官雖然看到哈薩威，不過什麼也沒說便轉向座艙，對著加烏曼大吼：

「出來！」

就在這段時間，負責保養的車輛，運送組員的廂型車等接連來到機庫前方集合。

「快點下去！」

這道聲音來自基座承載機的座艙，加烏曼接著「咚咚咚」踏響梯子走下來。

「…………唔！」

加烏曼的雙手被反銬在背後，因此無法保持平衡，梯子才走到一半，上半身便往前傾，整個人倒在水泥停機坪。

哈薩威馬上靠了過去。

「你沒事嗎？」

哈薩威伸手從加烏曼的腋下撐住他，大聲怒吼梯子上的軍官：「你太粗魯了吧！」

正當俯視哈薩威的軍官露出不悅的表情時——

「哈薩威，普通平民不宜插手軍方的作為啊。」

肯尼斯打響馬鞭走下梯子。

「可是……」

「你這個志願成為植物鑑賞專家的人似乎不懂啊。你應該知道世上是怎樣評價馬法提的吧？」

「我知道，就是這傢伙炸了我住宿的飯店。」

哈薩威一邊抱起加烏曼，一邊拍掉他膝蓋上的塵土。

這一切行為都是為了掩飾加烏曼動搖的情緒，但肯尼斯用馬鞭撥開哈薩威的手——

「哈薩威，因為我們一起搭乘豪森，所以我才會這麼客氣，但要是再不聽勸，可是要教訓你喔？」

肯尼斯的聲音裡面帶著前所未有的惡意，那是敵對的感覺。

「……對不起。但是……這麼粗魯不好。」

「輿論甚至說馬法提是現代的聖女貞德加以吹捧，再過不久馬法提的軍隊就會變成真正的軍隊，你明白這個情勢代表什麼意義嗎？」

「我明白馬法提應該自認獲得民眾支持。」

「沒錯，所以我們才這樣劍拔弩張。快把他押進監禁室裡！我要馬上審問他。」

「遵命！」

哈薩威為了看向加烏曼，刻意搔了搔頭，假裝困擾的模樣。

加烏曼看到哈薩威的眼神，儘管臉上帶著悔恨，但也露出接受的表情走向廂型車。

「要是我們不明確表態，馬法提真的會變成政治鬥爭的偶像。聖女貞德是被判處火刑燒死的，而我就是為了執行火刑才來到這個部隊。」

「……好厲害啊……」

肯尼斯來不及在意哈薩威的苦笑，就因為琪琪走下基座承載機的梯子關心起她。

「如何？平靜一點了嗎？」

「謝謝……這裡就是上校工作的地方吧？」

「差不多是這麼回事。」

「真好，是個很寬敞清爽的地方。」

哭腫的雙眼總算平靜的琪琪，環顧周圍一圈後驚訝發出「啊啊——！」的聲音。

因為古斯塔夫．卡爾粗壯的腿直接「轟咚」從基座承載機放下來，踩在停機坪的橡膠地板上。

琪琪彷彿想起方才的恐怖經歷，往肯尼斯的方向後退。

「……艾連！離基座承載機遠一點！沒看到這邊有位小姐很害怕嗎！」

那架古斯塔夫．卡爾先停下動作，駕駛員從駕駛艙探出身子看過下面後，才稍微加快速度移往機庫方向。

「喂，派車過來！」

肯尼斯為了收容基座承載機的機組員而叫來一輛車，打開後座車門讓琪琪上車後，接著叫哈薩威過來。

「不好意思。」

哈薩威儘管心情複雜，仍坐進大型轎車的後座。

轟隆隆隆……

獨特的飛行聲又靠近了。那是出自新型ＭＳ。

「…………嗯？」

哈薩威一邊準備關上車門，一邊看著那架新型機體背對朝陽化為一道黑影，在機庫前方擺出準備降落的架勢。

「啊啊……琪琪，可以等我一下嗎？」

「好的……」

琪琪又讓上半身靠著椅背，轉身背對哈薩威。

「雷恩！停在基座承載機前面這輛車！快下來！」

肯尼斯坐在副駕駛座，再次對著手臂的無線電大喊。

這個名字應該是指新型ＭＳ駕駛員吧。

14 年輕駕駛員

那架ＭＳ以有如人類從高處躍下，而且還是相當優雅地彎曲膝蓋加以緩衝之後，降落在機庫前方的橡膠地板上，接著緩緩抬起上半身，打開胸部下緣的艙門。

現身的駕駛員從艙門下方鑽出來，利用鋼索往下垂降十幾公尺後跑了過來。

青年的一頭褐髮，給人一種好青年的印象。

肯尼斯從副駕駛座起身，在青年跑過來時對著他大喊：

「你要把敵方的ＭＳ都當成是鋼彈！不要以為只是踹了一腳就能令對方失去戰意！為什麼沒有解決對方？還好這次的對手沒有堅持，倘若下次還是這樣，我就要沒收佩涅羅珀。」

「是！」

哈薩威看著年輕人停下腳步俐落敬禮，便理解了為什麼。讓沒什麼實戰經驗的駕駛員駕駛性能優越的新型機體，會導致他們過於自信。

那名青年身上確實能看出這樣的自以為是。

「去吧！好好體貼佩涅羅珀啊！」

「遵命！」

那位名叫雷恩．艾姆的駕駛員「喀」併攏雙腳後往後轉，朝新型機體的方向奔去。

「以測試駕駛員來說，特別優秀的人真的派不上用場啊。」

肯尼斯用下巴指示那個駕駛員，對著哈薩威說道。

「不過他的表情很不錯——」

哈薩威先是如此說道，接著苦笑加上一句：「看起來簡直像是以前的我……」

「啊啊……？」

「沒什麼。看著他就想到在夏亞叛亂時偷了軍方ＭＳ的自己，也曾覺得駕駛ＭＳ沒什麼了不起，就是有些自以為是的狀況。」

「是這樣啊。」

肯尼斯也露出苦笑，抬頭看著雷恩利用鋼索返回佩涅羅珀駕駛艙。

15 喀耳刻部隊

肯尼斯在基地裡分別替哈薩威和琪琪安排落腳的房間，總之讓兩人能好好休息一下。肯尼斯甚至幫哈薩威準備一套衣服，真不懂他為何這麼周到。

「在早餐之前，請稍微在這裡等一下。」

負責送衣服來的女性軍官以很有教養的端正態度說完後便離開了，但看在哈薩威眼裡，只覺得自己或許受到監視了。

緊接著琪琪提著一個大紙袋來哈薩威的房間告知現況。

「這些是在基地裡供同住家人使用的購物中心買齊的，肯尼斯說費用由地球聯邦政府支付。」

「……那真是太好了。」

沒別的話好說的哈薩威不禁懷疑琪琪為什麼不說任何重點就跑來找自己，但琪琪只想趕快換上紙袋內的衣服，如此一來自然沒有多跟哈薩威說些什麼，逕自回到自己的房間去了。

「可以用早餐了。這邊請……」

送衣服過來的女性軍官在三十分鐘之後，再次造訪帶領哈薩威前往餐廳。

哈薩威在走廊上看到兩次設施平面圖，然而即使能立刻記住所有內容，也無法預料房間的配置細節。

因為那就是很一般的告示，沒有標明任何關鍵資訊。

建築物東邊面向這座機場的跑道與塔台，南邊則是一整排機庫。哈薩威等人的房間位在北邊，窗外則有一排小型倉庫。

從如此配置來看，哈薩威只能推測加烏曼應該被關在這棟大樓的南邊。

「這棟大樓沒有受到攻擊嗎？」

「是的……雖然在近距離爆炸的砲彈震碎了玻璃……」

哈薩威被帶到軍官餐廳。

以自助餐廳方式經營的這間餐廳，持續有人三三兩兩進出，急忙用餐完畢之後連杯茶也沒喝就離開，慌忙的程度的確很像開始執行作戰任務。

「…………」

哈薩威根本沒想過自己會在敵對部隊的餐廳裡用餐，也沒有興致好好觀摩。

過了一會兒，琪琪也在軍官帶領之下前來。

「怎麼樣？」

因為是在部隊裡的購物中心採購的衣服，難免比較休閒，但不至於不適合。

「以這裡應該買不到妳喜好風格的服裝來說，搭配得很不錯。」

「幹嘛這麼拐彎抹角……怎麼了，你還沒決定要吃什麼嗎？」

「這是在等妳啊。」

「是嗎，這樣啊……要吃什麼？」

「不好意思……」

帶領琪琪過來的女性軍官笑瞇瞇介入話題——

「……上校表示雖然會晚一點，還是希望能與兩位一同用餐。」

然後如此說道。

「這樣啊……」

「要吃什麼好呢……」

琪琪應該是因為換了衣服而轉換心情吧，只見她興奮地往吧檯跑去。

「她很有活力呢。」

似乎是在地人的女性軍官親切地對著哈薩威開口。

「調查局的人說十點會來，想要見見您。」

「有取得上校的同意了吧？」

「是的……」

哈薩威一邊在內心抱怨自己的行動又要受到牽制，一邊跟女性軍官道謝，然後往吧檯走去。

兩人坐下並開始用餐後，肯尼斯也先去吧檯取餐才過來。

「有新消息喔。」

他一開口就這麼說。

「…………嗯？」

哈薩威心想莫非是加烏曼招供了些什麼，不禁感到動搖。

「金伯利部隊這個名稱給人的印象太弱了，但我又討厭肯尼斯部隊這種充滿自我表現欲望的部隊名稱。」

肯尼斯啃著烤得酥脆的吐司，逕自以深有體會的態度說道。

「這個問題充滿哲學性呢。」

「那是當然，只靠說話大聲當不了指揮官的。然後啊……琪琪……」

說穿了，肯尼斯這種在關鍵時刻刻意向琪琪搭話的態度也很孩子氣。

「我想到一個好名字可以用來稱呼這個部隊，妳覺得是什麼？」

「……我不知道……南太平洋部隊？」

「別傻了，是喀耳刻部隊啦。這名字很棒吧？琪琪應該明白這名稱的含意吧？」

「好怪……聽起來一點都不強，會輸給馬法提吧。」

「喀耳刻啊，我有聽說過相關故事。」

聽到哈薩威這麼說，琪琪露出微笑。

「我懂了，是那個喀耳刻吧？據說喀耳刻的魔法，可以讓凶猛的動物變得乖巧……對了，她出現在奧德修斯的故事裡，是太陽神赫利俄斯的女兒。」

「答對了，這麼一來就能戰勝馬法提。」

「但馬法提是打算借用各種名字，藉此打倒只屬於希臘羅馬神話的諸神吧？哈薩威不覺得是這樣嗎？」

「哈哈哈……確實有這種感覺。」

儘管琪琪把問題的矛頭指向哈薩威，但他仍因為自己能打哈哈笑著帶過而鬆了一口氣。琪琪這是在挖苦他。

「重點就在這裡，神不是愈多愈好。」

肯尼斯正經對待琪琪的發言如此回覆之後，才將炒蛋放在培根上，送進嘴裡。

「在這裡的你和在隊員面前的你，看起來判若兩人……為什麼呢？」

「我也不知道……」

鬆了口氣的心情讓哈薩威如此問道，肯尼斯則是拿著叉子聳肩回答。

「說穿了，只有在我面前才會變成這樣。」

琪琪雖然說得了然於心，但哈薩威不覺得這都是琪琪的影響。

「嗯，你確實有讓男人變成這樣的能力。」

「其實我也沒有把握是不是我造成的。因為我只看過快樂的男人，所以會往那個方向想像。」

琪琪可以用坐得直挺挺的姿勢，優雅地把蛋架上的蛋送進口中，技術的確高超。

哈薩威雖然有點快要抓到琪琪小辮子的感覺，但肯尼斯輕易從旁打斷話題。

「那是妳的美德啊……話說內政長官們如今已經身亡，所以今晚的約會應該取消了吧？……今天可以陪我吧？」

「現在這麼忙碌耶？」

琪琪傻眼地看向肯尼斯。

「我要爭取跟琪琪妳相處的時間，這也是為了喀耳刻部隊好。琪琪不是說過可以讓男人恢復活力嗎？也就是說妳是幸運女神。然後如果女神跟我睡過，喀耳刻部隊就會變成真正的喀耳刻。」

「上校，你說得太誇張了，因為我也可能這麼想啊。」

「咦……？你嗎？」

肯尼斯露出愣住的表情時，一名軍官衝了過來。

「司令！到第四戰隊為止的搜索部隊皆已出動，接下來呢？」

「全部派出去，全部！」

「遵命……！」

這時琪琪用手肘撐著膝蓋，看著哈薩威問道：

「是這樣嗎？」

「咦……？是啊，我很在意妳……」

「這種回話方式太沒新意了！」

琪琪不悅地往後退，從蛋架撈起最後剩下的蛋白。

「你看看你，還是太軟弱了。」

肯尼斯看著軍官跌跌撞撞離開之後，這才回頭挖苦哈薩威。

「但我也不喜歡上校那種油嘴滑舌的說話方式。無論我是怎麼樣的人，都沒有能力帶給男人活力。」

如此說道的琪琪猛力起身，喝到一半的飲料杯因此打翻，灑出來的牛奶弄髒桌子。

琪琪從軍官餐廳的桌子之間走過，儘管承受男女軍官的目光與口哨，仍然俐落地離開現場。

「……嗯？我幫不了你喔？」

「還不是你說了真心話的關係。要是昨晚搞上了，就不會變成這樣……」

「我不喜歡這種表現方式……」

「相反啦。說什麼我愛你啊你愛我之類的話，聽起來更假。」

「這樣啊……確實是沒錯。」

「你在奇怪的地方太羞澀了。」

「我承認，但這也是沒辦法，因為我經歷過痛心疾首的失戀……」

「是這樣嗎？」

「欸，前輩，請你教教我。琪琪明明那麼年輕，為什麼這麼有魅力？」

「啊？喔……這個嘛，她很像很久以前的女明星，就是剛出道時的瑪麗蓮夢露。」

「像琪琪這樣？」

「我的意思是說她們有著相似的魅力。瑪麗蓮這位女明星看起來雖然性感，卻是位才華洋溢的女性。」

「我不覺得琪琪很性感喔？」

哈薩威想起在飯店時短暫瞥見的琪琪裸體。

「真要這樣說來，那女孩就是個本質脆弱得有如玻璃，表面卻披著鮮活年輕肉體的人……」

「啊……這種形容我就懂了。」

哈薩威放下咖啡杯。

「我在接受調查局偵訊之後會自己回去，不能再麻煩你了……」

「就這麼辦吧。放在塔薩戴伊飯店的行李應該很快就會送到，不過要是有什麼東西

遺失，可別算在我頭上喔？」

「當然，資料之類的請人再寄一次就好……」

「喔，關於這一點，我們檢查過所有你攜帶的資料了。我們的任務是殲滅馬法提，這屬於我們的職權範圍。還請見諒啊。」

「你不說我就不會知道啊……」

「那可不行，畢竟我們是朋友啊。而且我不相信這個部隊成員的能力，有很多人打算弄壞他人的物品。」

「啊……位居上位指示他人確實很難……」

「正是如此……一直面對植物應該不會理解吧？」

「……你要怎麼安排琪琪？」

「哈哈哈——你還是感到在意嗎？等這裡的事告一個段落，我會送她去香港。我可以告訴你地址喔？」

「我自己問。」

「男人就是該這樣。」

「那麼……在調查局來之前，我去睡一下。」

「快去睡吧。我倒是拜馬法提之賜，大概暫時沒得睡了。」

肯尼斯也站起身來，兩人一起把拖盤放回吧檯。

「不過只要有那架佩涅羅珀，應該可以一舉消滅馬法提吧？」

「不是這樣的。無論多小的規模，戰爭講求的都是戰力。戰力不是靠一架ＭＳ的性能就能夠左右的。」

「可是馬法提應該沒什麼像樣的戰力吧？」

「以發動游擊戰來說已經就夠了，但是負責防衛或掃蕩的一方可就不是這樣。算上今天，已經有十八位內政長官遇害了。」

「……這些長官不要來地球不就得了……」

「沒辦法，他們在地球都有家，也無論如何都忘不了自己擁有的特權。」

「正因為這樣，輿論才會支持馬法提的做法啊。軍方只要把這些內政長官都送回宇宙就好了。」

「就是因為做不到，才會被迫從事危險的工作，不是嗎？」

「再加上要是有退伍軍人冒用馬法提的名號，豈不是會更添馬法提的氣焰嗎？」

「對啊……？你怎麼說得好像自己就是馬法提一樣？」

「報紙或暗網到處都有報導。就這個意義來說，人人都是馬法提呢。」

哈薩威覺得自己確實說得太多了，於是就此作結。

「你以為馬法提所說的正義轟炸造成多少平民死亡？超過三百人了喔。」

「這樣啊……」

哈薩威聞言不禁感到憂鬱，轉身想回到自己的房間。

「不是那邊。一般民眾不可以走那裡。」

「啊……？抱歉……」

「怎麼了？」

「沒有，我只是在想即使馬法提打出明確的作戰目標，然而卻殺了這麼多人，總有一天馬法提自己也會變成犧牲品……」

哈薩威確實有這種感覺。

雖然肯尼斯從哈薩威交談的內容當中感覺到一絲危險，既然已經聊了這麼多，哈薩威開始覺得跟他之間的關係不是很重要。

儘管如此，得出這樣的結論還是令人傷感。

「沒錯，我會親自將他斬首。」

「……拜託你了，上校……儘管我並非全面認同你……」

「那是當然，我也一樣。我也並非完全贊同自己的立場……」

哈薩威不得不在心裡接受。基本上，如此清楚現況並且執行任務的男人非常可怕。至少肯尼斯是能力足以掌握戰爭大局的人。

「我們乾脆加入澳洲奧恩培利的馬法提私人部隊，一起對抗地球聯邦軍吧？」

「你是認真的嗎……我可不認為他們能夠打造私人部隊。」

這時哈薩威拚命想要帶開話題。

「如今地球的人口這麼少，反過來說變得容易集結同路人。你想想看豪森的狀況，應該可以得知聯邦政府現在還很悠哉吧。我不認為金伯利可以解決他們，所以得安排間諜到那邊臥底才行。」

「真是辛苦。」

「沿著這條走廊直直走就好……要離開時記得跟我說一下啊。」

肯尼斯用手臂上的無線電呼叫，對著無線電大吼。

哈薩威回房大概睡了兩小時。

帶領他前往餐廳的女性軍官前來接他，哈薩威被帶往同棟大樓二樓的單調房間，並與調查局的蓋斯・H・休格特部長會面。不過蓋斯部長也只是向他確認豪森上乘客的座位，偵訊就此結束。

「……謝謝您的配合，今後不會再傳喚您了。」

「辛苦了。不過有一件事我不是很懂，明明馬法提很積極介入附近空域，為什麼那班豪森還是有這麼多內政長官搭乘呢？實際上昨晚塔薩戴伊飯店也遭到攻擊了吧？」

「這點不清楚。我也是在這種鄉下地方服務，所以不清楚宇宙那邊的狀況。我只是擔心要是再繼續磨蹭，馬法提會變成真正的政治鬥爭偶像……」

「是這樣嗎？」

「正是如此，就是聖女貞德啊。即使不用馬法提指揮，還是到處都會出現響應馬法提的軍隊。」

「喔──……」

結果他也說了與肯尼斯一模一樣的話。

「啊……這點麻煩您別向他人透露。」

「這是當然……不過一般來說支持馬法提的……算是民意嗎？有這麼強烈嗎？」

調查局部長不再回答哈薩威的問題，打開了門──

15 喀耳刻部隊

「我想他們的戰術終究擺脫不了恐怖行動，最終是得不到支持的。」

部長眼鏡下方的眼神看起來帶著笑意。

「您的行李箱已經運回來，幫您送到房裡了。」

「謝謝。」

哈薩威再次在女性軍官的帶領下回到房間，換上軍方配給的襯衫後來到走廊。

「我可以見一下上校嗎？」

「我帶您過去。」

女性軍官進入該大樓南區，帶領哈薩威來到二樓的司令室。

「衝鋒！只管衝鋒！」

隔著門都可以聽到肯尼斯的怒吼，女性軍官先是淘氣地輕吐舌頭，這才敲門。

「誰啊！」

「我帶哈薩威．諾亞先生過來了！」

「好——！你們給我回去訓練，丟掉自己只是殘留部隊這種彆扭的想法，別忘了喀耳刻部隊的核心就在這裡，就是你們！」

「遵命！」

女性軍官打開門，室內的男人們併攏腳跟敬禮的聲音整齊畫一。

哈薩威站在房門左邊，目送駕駛員們離去。今天早上挨肯尼斯上校罵的新型ＭＳ年輕駕駛員也在內。

只有他一臉緊張地看向哈薩威，輕輕點頭示意後離開。

「……新型ＭＳ的駕駛看起來很認真嘛。」

「你說雷恩．艾姆嗎？是沒錯……有點可惜，你沒興趣加入這個部隊嗎？」

「怎麼可能……」

「因為你的體能沒有退步。為什麼？」

肯尼斯坐在桌前的沙發上，拿起桌上的筆錄交給哈薩威。筆錄上面羅列了豪森事件發生的經過。

「簽這邊就好嗎？」

「沒錯……」

哈薩威邊用桌上的鋼珠筆簽字邊開口：

「我在夏亞叛亂之後在軍隊裡待了一陣子，就讀大學時從事農業相關工作。前往太空殖民衛星後，也在農業區域從事需要活動身體的體力活。」

「原來是這樣……我還想說你有新人類資質呢。如果是你，或許就可以放心把佩涅羅珀交給你。」

「那要等上兩、三年後才有機會，這樣應該來不及吧？」

「我曾經調查過阿姆羅．雷的經歷，他在很短時間裡就成為鋼彈的駕駛員。至於你，也有擅自開走ＭＳ並且擊落一架敵機的戰果。」

「夏亞叛亂時的戰果只是運氣好。而且因為當時的我還小，所以被拿來廣為宣傳，也是因為地球聯邦軍戰勝夏亞，才有餘力做這種事情。」

「你認為能與夏亞軍的新型ＭＳα．阿基爾進行近身戰，只是小孩子運氣好嗎？」

「……我是這麼認為。」

當時的局面正是哈薩威拚命想要忘掉的事。

哈薩威偶然在太空船遇到的少女，葵絲．帕拉亞投靠到反叛地球聯邦軍的夏亞．阿茲那布爾麾下，成為巨大ＭＳ的駕駛員。

葵絲才是真正具備新人類的資質吧。哈薩威只是被她吸引而接近巨大ＭＳ，結果哈薩威在戰場上成了殺人凶手。

雖然就法律層面來看，在戰場上殺人不構成殺人罪，但是此事在哈薩威身上深深留

下自己親手殺害心愛之人的強迫觀念。

這就是哈薩威與葵絲・帕拉亞的相遇，也是屬於他的戰爭。

「這樣啊。是新人類嗎？」

「……你要是這麼說，阿姆羅・雷叔叔也曾經生氣地說過，那些都是些沒意義的笑話啊。」

「喔——……你曾經見過阿姆羅・雷嗎？」

「他是家父的朋友。」

「這樣啊……令尊從白色基地時代開始，就是一直待在獨立部隊的人物吧。」

「我只不過是布萊特・諾亞艦長之子罷了。」

「等我解決馬法提的事之後，會去挖角你喔。」

「請便。我打算直接離開了，方便嗎？」

「你應該需要搭乘從這座機場起飛的班機吧？」

「是這樣沒錯，但我想順便採買一些在美那多生活所需的用品。我打算先去市中心一趟，然後再搭乘班機回去。」

「你跟琪琪打過招呼了嗎？」

「我直接被帶來這裡，所以忘了找她，但是沒關係。要是見了她應該又會有所留戀，請你代我向她問好。方便的話幫我跟她說歡迎她來找我玩……沒辦法嗎？」

「我不確定她會去哪裡……但我會轉告她的，起碼讓你知道一下她的下落。」

「……你也不知道嗎？」

「因為很可疑啊。她在住處未定的狀態直接來到地球，提出的地址也是間無人居住的公寓。」

「喔——？你調查得這麼仔細啊。」

「這裡可是負責掃蕩馬法提的喀耳刻部隊喔。」

「說得也是。」

哈薩威「嘿嘿」笑了，這才退出肯尼斯上校的辦公室。

16 逃離

哈薩威搭乘肯尼斯安排的禮車前往大堡的購物中心。

等到獨處之後，哈薩威總算有餘力開始思考，琪琪應該沒有跟肯尼斯說太多——包括她對哈薩威的感覺。

〈……雖然感覺口風不緊，但又不是這樣……為什麼呢……〉

哈薩威因為稍微窺見這個看似會諂媚所有男人，實際上並非如此的少女真相，湧起一股想衝回肯尼斯基地的衝動。

但是哈薩威心中也有股義務感，若是可以，希望能夠親自回收鋼彈。

〈沒必要現在就對琪琪下定論……畢竟現在的她很可能對肯尼斯說出我是馬法提的成員。〉

哈薩威為了抹除心中保有的些許期待，如此告訴自己。

儘管已經脫離虎穴，但哈薩威沒有時間了，他動作必須快點。

「您要在哪裡下車呢？」

駕駛座上的軍官如此問道。

「啊啊，在前面找個方便停車的地方就可以了。」

哈薩威不認為駕駛的軍官會照著他的話做，因為副駕駛座還坐著另一位軍官。

儘管哈薩威內心焦急，但他心想絕對不能做出令人起疑的舉動。

觀光導覽處附近，肯定會有投幣式置物櫃。

哈薩威步入銀行，換了一筆不小的現金之後，把行李箱寄放在置物櫃裡面，接著走入資訊中心，確認開往美那多的船班時間。

「……搭乘傍晚的船班好了……」

哈薩威特地在服務窗口女性前面自言自語，接著從通往大堡港的方向走出去。

資訊中心此類窗口之所以安排服務人員，是為了監視人流，藉此確認是否有非法移民。當然了，其中有一部分是想要留在地球的人們，利用官僚組織刻意製造過多的職缺所致，但主要還是為了監視非法移民。

哈薩威走進商店街，買了些老教授應該會喜歡的東西，一邊注意是否有人跟蹤，一邊等待同伴前來跟他接頭。

『……對於造成一般民眾的損害，我們在此衷心致歉。但我們希望地球上的居民能夠理解，如今這個時代，人類依然居住在地球上本身便是一種罪惡。』

那是透過訊號干擾播放的馬法提演講內容。

雖然不是哈薩威的聲音，但哈薩威也有參與此類制式演講的錄音工作。

「別鬧了！明明是你們自己在那裡到處亂炸！」

「今天早上的空襲之所以這麼嚴重，問題不是出在馬法提身上。你不知道嗎？大家都知道金伯利部隊的ＭＳ造成的損傷更誇張喔。」

擦肩而過的人們高聲交談的內容，無一不深深刺激哈薩威。

『為了促使那些已然忘記宇宙移民的意義為何的地球聯邦政府官員進一步反省，我們不得已發動攻擊。我們已經宣戰，但地球聯邦政府卻不肯正視我們。希望居住地球上的人們，能夠理解此乃地球聯邦政府的怠惰。』

哈薩威為了遠離電視與廣播播放的演講內容而離開商店街。

如果光田順利擺脫獵人追殺，他應該會找到哈薩威，而且愛梅拉達也認知到自身的存在，應該不用擔心。

哈薩威之所以前往港口方向，是因為他只要在大堡港往南一點的某處，找到帶著奈貞代號的漁船便可。

「…………」

哈薩威沿著大堡港往南走，岸邊可以看到薩馬島有如防波堤一般聳立。

但是對哈薩威而言，他必須假裝自己正在悠哉散步，確實是相當痛苦的事。說真的，他很想邁開腳步奔跑，甚至偷輛車直接開走，以圖快速移動。

「……您是來自宇宙的客人嗎？要不要帶您繞薩馬島一圈？可以算便宜點喔。」

哈薩威不知道港口這些人是怎麼分辨來者，但在停泊了一些小船的地方，肯定都有人這樣搭話。

「不用了，謝謝。我只是來散散步……」

哈薩威原本期待有同伴混入這些人之中，然而實際上沒有這麼方便的事。

現實總是緩慢進展，從旁人的角度看來甚至慢到令人厭倦，哈薩威也因此被迫必須拚命忍耐。

他不能東張西望，不能表現出有所戒備的神色，要假裝自己是個普通觀光客，只是興致勃勃地觀察當地居民的感覺，確實非常費神。

即使如此，哈薩威仍必須避免遭到懷疑，因此只能努力融入環境之中。

面對海洋的海岸熱氣雖然不至於難受，但隨著時間接近中午，確實對身體有不小的影響。

〈葵絲，我該如何是好？告訴我，我該怎麼做……〉

哈薩威因為無法忘懷跟肯尼斯的交談內容，於是不禁在心中呼喚那個名字。

如果這樣的呼喚只是化為迴響散去也就罷了，實際上並非如此。

葵絲．帕拉亞這個名字沉積在哈薩威心底，持續喊著可憎的話語。

那就是「夏亞！」……

她當著哈薩威的面投靠夏亞，自此再也沒有回到哈薩威面前。

然而對哈薩威而言，她的背影彷彿只是昨天的事，化為無法消弭的刻痕留下。

人就是會這樣被記憶所困，這就是人在名為現實的狹小空間的存在形態。

人是如此渺小，無法將思想傳遞到不同維度。

「…………嗯？」

在平緩的沙灘上，椰子樹和緩地延伸而去。在這種地方容易遭到敵方懷疑，自然沒有漁船主動接觸哈薩威。

「……你知道奈貞吧？」

一位年約十五、六歲的少年穿著海灘褲，跨坐在一艘老舊的划艇上，笑嘻嘻地詢問哈薩威。

「……你在說什麼？」

「要是知道就上船，我帶你去，但要付給我十圓……」

「很貴耶。」

「這是做生意啊。」

「好，成交……你平常都在做些什麼？」

「你幫我抬高船頭，我從這邊推……」

少年一邊親切說明，一邊把划艇推出沙灘——

「基本上都在這裡攬客。你別看我這樣，我可是有執照的。你看……」

哈薩威心想剛換上的鞋就這樣泡水了，邊往海中前進邊看著少年掛在脖子上的觀光事業許可證，不禁傻眼。

「你為什麼有執照啊？」

「還能為什麼，從我媽那一代就一直在做這種生意啊。來自太空的人都喜歡這種活動吧。上船嘍。」

「好……」

哈薩威為了從海水抽出下半身花了不少力氣，即使如此仍緊抓著划艇，將上半身鑽了進去。

「你很笨手笨腳耶……」

少年嘲笑他時，手上已經拿好船槳。

「我雖然在美那多住了快三年……但還是不習慣水……」

「你是不是不熟悉海啊？」

「對，我的工作跟植物有關。」

少年讓船行駛在薩馬島的右邊，左右交替划槳，以相當快的速度離開海灘。

他的動作看起來跟平常一樣，顯得從容不迫。

「需要我幫你旅遊導覽嗎？」

「不用了……是誰委託你的？」

「不知道。在你來之前沒多久，有一個女人過來說了跟剛才一樣的話，並且希望我讓你上船，只有這樣。」

「嗯——……？」

「你不熟悉大海吧。那個女人是這麼說的。她說讓我載你過去的這段時間，會準備好迎接你……你們是不是要結婚啊？」

「結婚……？……啊啊，是有這個打算……」

「哈哈哈……年長女性很棒吧。真好，我也想要找一個那樣的女人呢。」

「話說她要你帶我去哪裡？」

「我不知道。她說只要我划個三十分鐘，就會有人來接你，也可能需要一個小時。只是這種事不重要吧？只要能在太陽下山前回去就好。」

哈薩威一度懷疑與這個少年接觸是否會在日後造成問題，然而現在也沒別的方法。

〈最多一個小時啊……〉

哈薩威認為目前已經錯過投入附近所有機動力，以便趕上迎接之後即將降落地球的鋼彈的最佳時機。

〈而且那樣將會造成鋼彈降落在肯尼斯管轄範圍的結果，肯尼斯應該已經掌握到相關資訊了。〉

哈薩威等人之所以選擇在這片海域接收鋼彈，是因為這個季節的海面相對平穩，同時附近有著無數小島，適合設置臨時基地。

更重要的是因為接近赤道，方便偽裝成隕石的太空梭降落。

另一方面，不可否認他們認為金伯利部隊容易操控，心懷小瞧對手的念頭。

哈薩威喝了幾次少年事先準備放在海裡冰鎮的冷飲。

「再過不久就要一個小時了……」

少年看著太陽估算時間，這時兩架喀耳刻部隊的凱薩利亞在依然漆著金伯利部隊辨識色的情況下飛過。

浪花在划艇附近形成聳立的白色牆壁。

「嗚哇——！」

划艇劇烈搖晃，少年利用船槳盡可能抵消搖晃，但是哈薩威仍輕易跌入海中。

「又是他們！那些金伯利部隊的傢伙！」

「有這麼誇張嗎……」

哈薩威緊抓著划艇問道。

「那當然。今天早上城鎮因為馬法提攻擊而損傷慘重，不過你知道是馬法提ＭＳ造成的破壞，還是金伯利部隊ＭＳ造成的破壞比較嚴重嗎？」

「聽說是金伯利部隊吧？」

「這跟獵殺平民一樣，地球聯邦政府的作為更加粗暴。大家都說地球聯邦政府乾脆被馬法提幹掉算了。」

「是指馬法提干擾訊號發表演說嗎？」

「嗯，聲音很年輕，說什麼要讓地球回歸自然懷抱，不然地球將會滅亡之類的。」

「馬法提也說地球上的人全部都得移居太空，這點你也認同嗎？」

「這部分有點不能贊同。我不懂地球遭到汙染的狀況，但是叫所有人上太空，然後讓地球回歸自然狀態的論調倒是可以理解，畢竟我也是做觀光的……」

「只是這麼一來，你就要失業了吧？」

「是啊……我因為做這個工作，所以知道地球聯邦政府會隨便讓高官來地球，但不允許一般百姓過來。只要看花錢的方式和講話的語氣，就可以知道哪些人是高官，因為他們都瞧不起我們。」

「那我也一樣呢……」

「對啊……沒有特權根本來不了地球。」

「你討厭我嗎？」

「……不予置評。我覺得人啊，不知道的事就繼續不知道，笨就繼續笨，才會活得

比較輕鬆……」

「你真了不起……」

「太空上的人似乎認為能住在地球就很幸福了，其實不是這樣喔。畢竟也有被迫照顧高官們，活得像奴隸一樣的人，所以才不會去多想什麼。」

「喔——……」

哈薩威認為少年完全清楚自己接下什麼樣的工作。

既然要活下去，能當成不知道的事就當成不知道，也是普通平民的智慧吧。

但他們並非什麼都不知道。

只不過是把知道了會有危險的事，當作不知道來處理罷了。

從前方接近的大型遊艇，看起來像艘拖線捕魚船。

「………嗯？」

哈薩威心想「不會吧」，但那艘遊艇繞到划艇靠大堡的那側，愛梅拉達便出現在飛行甲板上。

「………唔！」

然後光田從駕駛艙後方出現，朝划艇扔出繩索。

「哈薩威，換手！」

光田簡短說道，接著跳上划艇。

「有沒有什麼需要注意的事？」

「行李箱還寄放在置物櫃裡，收回來比較好。」

「了解……外套我就收下了。」

「動作快！」

愛梅拉達在飛行甲板上大喊。

「好……」

哈薩威抓住甲板，爬上遊艇。

「這趟航程很愉快。雖然想問你叫什麼名字，但是不要知道比較好吧？」

「嗯，記得再來光臨……」

「我會的……」

哈薩威從後方駕駛艙鑽進座艙，遊艇快速轉向全速駛出，接著讓船身浮出海面。

那是一艘水翼船。

17

在大海上

「……那是怎麼回事？」

伊拉姆・馬薩姆和雷蒙德・凱恩跟在愛梅拉達・祖賓之後步下座艙。

雷蒙德上前握住舵輪，接著看向哈薩威。

「只是想擺脫在豪森上建立的奇妙人際關係罷了。」

「那個琪琪是你的新女友？」

愛梅拉達說得毫不客氣。

「我是打算這麼做，但金伯利部隊的新任上校肯尼斯懷疑她是馬法提的聯絡員，不肯放走她。」

「是這樣嗎……？」

哈薩威見愛梅拉達依然充滿懷疑，不禁苦笑。

「……這裡有個問題，她是個感性極為敏銳的女孩，她猜到我是馬法提了。」

「……唔？哈薩威，意思是你被肯尼斯玩弄於股掌之間嗎？」

「喂！哈薩威！」

愛梅拉達和伊拉姆臉色鐵青逼問哈薩威。

「並非如此。雖然很難說明，但琪琪．安塔露茜雅並未將此事告知上校。我可以保證，她沒有洩漏我的相關資料。」

「這種說詞不值得採信。我不清楚目前是什麼情況，但只要她知道哈薩威的真面目，總是會說出去。她確實有可能不打算說，然而只要知道了，就有機會一個不小心說溜嘴。」

雷蒙德握著舵輪大聲開口。

「話是沒錯……然而不是這樣，相信我……」

「哈薩威，這件事讓人不甚滿意啊，感覺你暴露了自身的弱點……」

伊拉姆深思熟慮的雙眼直盯著哈薩威。

「嗯……聽伊拉姆這麼一說，好像有點懂……」

「沒錯……目前很難斷定。」

雷蒙德把話說得很清楚。

「有關琪琪的事是真的……但不管怎樣，這裡都位於喀耳刻部隊的轄區裡，我們彼此都應該有所覺悟。」

「但我不喜歡對這種不明確的事物抱持覺悟的感覺。」

此話出自雷蒙德之口。

「……雷蒙德，別說了。哈薩威的直覺至今從未失誤吧。現在我們還是相信哈薩威的說法，進一步執行任務便可！」

愛梅拉達下定決心後，就會比男人還乾脆。

「我們正在做了！」

「愛梅拉達，沒關係的。因為我也有可能判斷錯誤……」

「別說了，我們還是相信哈薩威的說法吧。愛梅拉達有看到琪琪吧？」

「嗯……我大概可以理解哈薩威的話。」

「天曉得。」

伊拉姆謹慎地牽制愛梅拉達。

「目前加烏曼還在他們手上，我們不確定對方會不會逼他招供，情況是一樣的。」

「就算喝了自白劑，加烏曼也不會說的！」

雷蒙德張大嘴巴怒吼。

「雷蒙德……你繼續監視。哈薩威，數據分析的工作正在進行，目前是蓋爾瑟森和推進機床的最後調整。」

「這樣啊。米赫莎順利逃脫了……」

哈薩威從桌子底下的冷藏庫拿出飲料，嘆了一口氣。

「……只不過有些不明的數字。哈薩威應該有備份吧？我們想比對一下。」

「嗯，是這個。」

哈薩威從手冊裡拿出數據資料，交給伊拉姆。

「嗯……應該是因為米赫莎拚死拚活帶回來的，所以數據有很多層。」

「文字彼此重疊了嗎？」

「滿嚴重的。」

「所以才花了更多工夫啊。」

雷蒙德如此抱怨，愛梅拉達起身賞了他一巴掌。

「愛梅……不至於打我吧？」

「別撒嬌了。你原本就在從事危險的工作吧？」

愛梅拉達一邊打雷蒙德的屁股，一邊爬上飛橋。

伊拉姆利用座艙的電腦追蹤程式讀取數據，並且複製到平板上。

哈薩威走過扳著一張臉的雷蒙德身旁，來到位在飛橋的愛梅拉達身邊。

「愛梅拉達，目前沒有人跟蹤。我身上應該也沒有探測器之類的東西。」

「哈薩威，我相信你。」

「但是……監視應該會變得更嚴。」

「所以才沒有直接開到海灘接你。」

「抱歉，一直讓你們費心了……」

哈薩威輕拍愛梅拉達的手背，向她道謝。

「要說有什麼好事，就是因為奧恩培利的軍隊引發騷動，導致肯尼斯上校的注意力轉移到那裡。」

然而這只是哈薩威的自我安慰。

「脅持豪森的是那些人的同夥吧。」

「應該。我知道金伯利部隊之所以沒有動靜，是因為金伯利親自率隊前往鎮壓奧恩培利……但是我聽米赫莎說過，夸克·薩爾瓦並不清楚奧恩培利那邊的動靜？」

「夸克認為這是馬法提行動產生的效果，似乎很開心。」

「嗯……即使說馬法提的意見是普通民眾的心聲，可若未能採取具體行動，是無法打倒地球聯邦政府的。奧文培利的行動確實有所幫助，但真的不是夸克安排的嗎？」

「真的不是。因為這一個月內，約有三萬人聚集到奧文培利，然而你看看我們這邊的狀況。」

「說得也是……真是的，仔細想想，我們連足夠的人手都湊不齊。」

「就是這麼回事，馬法提底下有沒有兩千人啊？」

「嗯，我明白了。地球聯邦政府打算直接指揮殲滅馬法提的部隊，誇耀自己的功績，才會決定召集內政長官，準備在阿德雷德召開內政會議。」

「程序上應該是這樣沒錯。開會然後順便休假、觀光之類的？」

哈薩威很清楚，這並非愛梅拉達一個人得出的臆測。

「……但是今天早上的攻擊一口氣死了四名內政長官……預定在阿德雷德召開的內政長官會議不是延期，就是會更改地點。」

愛梅拉達用雙手的手肘拄著擋風玻璃頷首同意，露出富含意味的笑容。

「呵呵呵……那些人應該萬萬沒想到馬法提跟自己一起行動吧？」

「嗯……我想若是再相處久一點，無論有沒有琪琪，肯尼斯都會察覺。」

「他是這種人嗎？」

「他是具備自制心的狂暴男人，你看他指揮迎戰加烏曼等人的方式就可以知道。」

愛梅拉達聽到哈薩威這麼說，露出理解的表情——

「新型MS的駕駛員是強化人嗎？」

「這個嘛……我不清楚這麼詳細，但佩涅羅珀的性能應該可以媲美新型鋼彈，甚至更加優秀。今後會愈來愈難做事。」

哈薩威想起被肯尼斯大聲咆哮的年輕駕駛員臉孔，不得不認為以他為核心的喀耳刻MS部隊，將會變得更加強大。

遊艇繞過聖奧古斯丁角，沿著海岸線航行了一會兒後，駛進由岩石構成的海灣。

「雖然可能有危險，不過接下來改搭飛機移動。哈薩威應該也想迎接鋼彈吧？」

「畢竟那是由我親自打造的啊。」

因為愛梅拉達等人準備周全，哈薩威總算緩解一直深鎖的愁眉，露出笑容。

這次以接收新型鋼彈最有效率的地點為由，選擇這個地方的人，是支持馬法提組織運作的夸克・薩爾瓦。

以馬法提這個虛擬人物為中心的反地球聯邦政府組織之所以能組成，背後的推手正是他。

大家只知道他過去是聯邦政府地球軍的將軍，身居要職，但這位自稱夸克・薩爾瓦的將軍出現在哈薩威等人面前，並且在補給物資與編組整備部隊方面，發揮了令人難以置信的本事。

另一個令人難以置信的事實在於他使用的假名，其實帶有庸醫的意味。

遊艇駛入海灣凹處後，船底接觸水面，接近一處岩岸。

岩岸深處停著一架漆有深色迷彩，配備浮筒的老舊輕型噴射機。

愛梅拉達跳上飛機握住操縱桿，跟著哈薩威，伊拉姆和雷蒙德一起前往代號為海椰子的島嶼。

護衛輕型噴射機的年輕人應該會駕駛遊艇返回大堡，繼續偵察喀耳刻部隊的動態。

哈薩威等人搭上飛機之後，過了大約一個多小時。

輕型噴射機飛過哈薩威本應前往的美那多更南方，在接近哈馬黑拉島的赤道正下方再往東，來到東面的海岸線。

「既然一路無事來到這裡，應該可以洗清哈薩威的嫌疑了吧？」

雷蒙德也總算恢復本來開朗的個性。

「多謝理解。這也是因為喀耳刻部隊的注意力轉移到奧文培利。畢竟在月球的亞納海姆完全沒有聽說相關消息……我也很受打擊。」

哈薩威也因為心情放鬆許多，說起話來變得輕佻一點。

「亞納海姆畢竟不是收集情報的機構，而且哈薩威之前待的工廠，也不完全是亞納海姆吧？」

愛梅拉達從自動駕駛切換成手動之後如此問道。

「沒錯，雖然也有意見認為他們那種企業方針就是萬惡根源。」

「跟地球聯邦政府一樣啦。只是到了現在，已經變成人類在談論歷史時，會區分是被自然環境擺布的時代，還是被組織擺布的時代罷了。」

伊拉姆如此說道。

「但是自然發生的問題，能夠聚集這麼多人嗎？」

「是歷史。歷史讓人們這麼做。一開始只是像蝸牛那樣緩慢推進，之後在某個時間點突然膨脹，就像是宗教擴張那樣吧。」

「這麼一說確實可以理解吧……好了各位，咬緊牙根，踩穩腳步！」

17 在大海上

「咦……？是海椰子嗎？」

「是啊……」

在愛梅拉達的回答還沒說完，飛機已經一口氣降低高度。

噴射機在午後陽光斜照，顯得扁平的海面輕鬆降落。

因為降落海面，哈薩威眼前的大海從原本的一片湛藍，變成直直通往長滿椰子樹的海岸線。幾艘橡皮艇從海岸線一隅劃破白浪前來，然而哈薩威其實不太清楚它們究竟是從哪裡出現的。

18 客廳

肯尼斯．斯萊格完成留在大堡基地的ＭＳ部隊重新編組的工作後，雖然因為還要評估ＭＳ的裝備與實際運作計畫而忙得不可開交，但還是在午餐時間前來軍官餐廳，這是因為跟琪琪事先約好的關係。

「……實在是……雖然還是對那個女孩有點想法……」

肯尼斯自知苦笑也是於事無補，但既然不滿金伯利的做法，有個像她那樣的人在此並非壞事。

他之前對哈薩威說琪琪或許有點可疑，其實也只是藉口。

「……我是肯尼斯。我們應該有供客人使用的獨棟小屋吧？能不能幫我調一棟？」

肯尼斯在前往餐廳的路上，以手臂的行動裝置呼叫總務部，替琪琪安排。

「……讓妳久等了？」

琪琪一個人在靠窗的位置用餐。

「不會……我習慣等人了。」

琪琪毫不介意的態度與肯尼斯的想像不同，令他有些意外。

「是這樣嗎？」

「是啊。哈薩威為什麼沒跟我說一聲就離開了？」

「他說要是見了妳會捨不得離開，所以要我問候妳。我懂他的心情。」

「你不覺得這樣很失禮嗎？」

「同樣身為男人的我能明白他的心情，不過如果琪琪有意跟他同住，那又是另一回事嘍。」

肯尼斯的說法有點刻意。

「……是嗎？哈薩威不是會這麼想的人。」

肯尼斯沒有附和琪琪的話，開始用餐。

這時肯尼斯手臂上的通訊裝置傳來聯絡，表示已經為琪琪備妥獨棟小屋。

「等作戰告一段落，我會送妳去香港。我已經替妳準備好這段時間的住處，是個名叫哥廷根小屋的地方。」

「多謝好意……不過我無法報答你什麼喔。」

肯尼斯聽到琪琪毫不客套的回答，不打算立刻反駁。

「……呵呵……所以我會離開。只要另外找間飯店就可以了吧？」

「妳的笑代表什麼意思？」

「我知道你不滿意我的說法，莫非你不把我放在眼底下監視就無法安心？」

「……嗯……我調查過了。妳是透過鮑丁伍登的終端申請搭乘豪森……」

肯尼斯不喜歡被單方面壓制，於是說出原本不打算說的事。

「所以……？」

「妳是他們家的人嗎？」

「怎麼可能……」

琪琪先將最後一口烤吐司放進嘴裡，對肯尼斯露出笑容。

「既然不是，為什麼可以搭乘豪森？」

「……因為我跟卡迪亞斯．鮑丁伍登的關係很好。」

「…………嗯？」

卡迪亞斯．鮑丁伍登是連肯尼斯都聽過的大型保險公司創辦人。

「知道這點之後，一切都說得通了。你也明白特地為我準備獨棟小屋是很沒意義的事吧？」

「……妳沒說謊吧？」

「若非如此，像我這樣來歷不明的女孩子能搭乘豪森嗎？」

這點確實是連肯尼斯都無法反駁的鐵證。

「不不不……卡迪亞斯先生應該是名年過八十的長者……」

肯尼斯突然慌了手腳，完全沒有這個年紀應有的態度。

「你說得沒錯。是位身體健康的長者，同時也是寂寞的人。」

「……這樣嗎……妳在香港的公寓沒有任何人。」

「我之後才會過去。伯爵買了房子給我之後，這還是第一次過去。」

「原來是這樣……」

琪琪這句話讓肯尼斯理解並接受一切。即使是媒體圈，也鮮少有人清楚卡迪亞斯保險公司的創辦人鮑丁伍登伯爵此人。

既然琪琪如此熟悉伯爵，就表示兩人的關係正如琪琪所述吧。

琪琪看著肯尼斯遺憾的表情，勾唇露齒而笑，將披在肩上的透亮金髮往左右撥開，並且揶揄肯尼斯——

「你以為我是馬法提的聯絡人吧？」

「畢竟這是我的工作，沒錯。」

「如果是的話可能會好一點吧。真正的我就是這麼骯髒喔。用餐完畢之後，我會離開的。」

挺直身子開口的琪琪，散發不容許男人接近的堅毅氣勢。

「不，妳可以留下來。我直覺認為妳是勝利女神，這是我個人在劫機之後產生的信仰……如果伯爵會搭乘下一個航班過來，那又是另外一回事。」

「你為什麼這麼認為？」

「哈薩威也說過吧。因為有妳那句話，我們才得以壓制劫機犯，也因為妳在大堡，我才能擄獲馬法提的ＭＳ。即使這都是巧合，該怎麼說，上戰場的人是很迷信的。」

「……是嗎……如果是這樣，哈薩威很遲鈍嗎？」

「為什麼這樣說？」

「因為他躲著我啊。」

「因為他不打算成為真正的軍人，所以變成平凡的青年了。」

「是嗎……？」

「他說之前經歷過慘痛的失戀經驗……琪琪，妳剛才說什麼？」

「我說『是嗎』……」

「這是什麼意思？」

「意思是指……箇中含意？」

「沒錯，含意……妳的直覺很敏銳，尤其發揮在觀察他人方面……妳在哈薩威身上感覺到什麼？不，還是哈薩威告訴了妳什麼？」

「沒什麼……上校你也知道，他是個不會多說什麼的人吧。」

「既然如此，為什麼不肯說呢？」

「我不知道。」

「不，妳說謊。琪琪・安塔露茜雅，妳知道哈薩威為什麼能夠那麼漂亮地制伏劫機犯吧？」

肯尼斯似乎總算把注意力放在哈薩威身上，但還不至於認為哈薩威有危險。

因為肯尼斯知道，事情已經在琪琪不知情的狀況下有所進展。

不然哈薩威應該會在親自問候琪琪之後，再離開喀耳刻部隊。因為琪琪知道，哈薩威是個在這方面遵守禮儀的人……

「應該說他用亞納海姆電子公司的終端購買豪森的機票……那裡有許多財團進駐，也有生化科技部門，所以我相信他是為了取得植物監視員的證照……」

肯尼斯邊觀察琪琪的臉色，邊說出自己的推論。但琪琪的目光始終沒有游移，肯尼斯不禁懷疑自己是否推測錯誤。

「他的父親還在軍中吧？」

琪琪端起紅茶杯就口，同時如此問道。

「父子並不是同一個人。琪琪，如果妳打算去獨棟小屋，記得去找總務，我會安排妥當。」

肯尼斯透過手臂上的行動裝置呼叫情資單位。

「……說得也是，就試試看我是否真的有上校說的運氣好了。我會在這裡待上兩三天喔。」

如此說道的琪琪點開設置在餐桌上的顯示器，找出觀光導覽資訊。

「就這麼辦，或許這樣比較有意思。」

「很難說喔。」

「不會錯的，我先失陪了。」

肯尼斯拿起帽子，有如一陣風般離開餐廳。時間已經過了下午兩點，餐廳內顯得空蕩蕩。

琪琪認為肯尼斯安排的獨棟小屋，正好是能在不受干擾的情況下欣賞兩人對峙的理想地點。

她開啟幾份觀光導覽閱讀過後，沒有什麼內容能引起她的興趣，於是站起身來。部隊發布集合令，吵鬧的氣氛有如浪潮在建築物裡擴散，琪琪來到總務課，請他們協助帶路前往獨棟小屋。

即便是這種情況，琪琪也不會因為自己局外人的空虛身分而煩惱。因為自從她懂事起，就已經習慣別人如此對待。

「……我們已經備車了，但還要等一下。請您先回房等待，負責人會前去迎接。」

坐在櫃檯的女性軍官親切說道。

「……這樣……那就麻煩嘍。」

琪琪一邊心想哈薩威應該已經不知道飛到哪裡去了，一邊返回房間。

19

海椰子

海椰子是海底椰的學名，其種子在植物當中也顯得特別大，同時也是馬法提在此地據點使用的代號。

這座基地過往曾是地球聯邦軍的基地。

原本是面向海岸線建設海軍乾塢的地方，現在面對海洋的部分以椰子樹林遮掩偽裝，上方同樣以輕型塑膠林木遮掩，如果是從略高的空中往下看，無法分辨真假。

這裡現在成為輕型噴射機的機庫，也是蓋爾瑟森和梅薩的發動基地。

如果沒有夸克．薩爾瓦在背後支持，無法發現這種地方。

〈現在地球聯邦軍的電腦應該搜尋不到這裡。長年負責管理補給物資的好處，就是可以找到許多刪除軍中物資或小型基地記錄的方法嗎？〉

這就是夸克．薩爾瓦將軍的底牌來源。

基於這層意義採用海椰子這個代號，也確實很有這位以在中世紀歐洲橫行的「庸醫」含意字眼，作為自身代號的老將軍風格。

輕型噴射機一靠近乾塢入口，上方的模型和椰子葉便形成掩護，遮住機體。

接著來到真正的樹林與假樹林並存的乾塢凹陷處，那裡是大型保修工廠。搭載推進機床的蓋爾瑟森1號機，已經在蓋爾瑟森使用的彈射器上方進入預備發動狀態，而負責攻擊大堡的各架梅薩停在後方的其他幾架蓋爾瑟森上。

這一切都隱藏在假森林之下。

「……變得很整齊……」

哈薩威一邊感嘆，一邊跟著伊拉姆．馬薩姆走進彈射器下方的機械技師帳棚。

「狀況如何？」

「很順利，大部分的調整都完成了。」

首席機械技師馬克西米利安．尼古拉與哈薩威握手。

「英勇號已經照預定出動了嗎？」

「是的，現在應該在鋼彈預定降落的海域待命了。目前已經到了封鎖無線通訊功能的時間。」

馬克西米利安明快回覆伊拉姆提出的問題。

「沒問題嗎？」

「原則上我們還是有偽裝成正在進行捕魚作業。」

馬克西米利安因為哈薩威的操心，不禁笑了。

「我聽說打算在空中對接是嗎？為什麼不交給英勇號處理就好……」

慢一步進來的愛梅拉達．祖賓如此問道。

「交給英勇號處理太花時間，畢竟不能輕視大堡基地的動向，動作自然是愈快愈好。而且只要有Ξ鋼彈，就能前去偵察奧恩培利的狀況，加上還有拯救加烏曼的作戰，所以想儘快完成每個步驟。」

「啊哈……這個X鋼彈，就是ΞG嗎？」

機械技師馬克西米利安因為這點而感到佩服，但其他組員卻非如此。

「可是啊……」

伊拉姆明顯對哈薩威推動的艱難方案露出難色，想徵詢愛梅拉達同意。

「金伯利已經出動前往奧恩培利那邊，所以我想起碼做到在那之前救出加烏曼，並在那之後鎮壓奧恩培利那邊的金伯利。」

「你太理想化了。」

此話出自伊拉姆之口。

「又不是只靠Ξ鋼彈單機去完成吧。反過來說，我們很有可能被佩涅羅珀盯上。你這是在意雷蒙德說的話吧？別想太多了。」

事情發展至此，愛梅拉達．祖賓會負責出面制止性急的哈薩威。畢竟她是大姊姊。

「愛梅拉達，我不覺得我著急，目前的心情已經回到上月球之前了。我去看看梅薩的狀況，順便換個衣服。」

哈薩威離開機械技師帳棚後，前往駕駛員帳棚。伊拉姆跟著他——

「我讓遊艇上的同伴持續監視大堡，你不要太擔心，總會有辦法的。」

「伊拉姆，我們不能小看肯尼斯。他是優秀的司令官，雷蒙德所言或許是真的。」

哈薩威並非完全不擔心琪琪。

「他是那樣的男人嗎……」

「我們應該認定他一直在追蹤我們比較好。把散播的米諾夫斯基粒子濃度提高到戰鬥層級。」

「就這麼辦……」

伊拉姆抱著數據媒體盒，奔向管制帳棚。

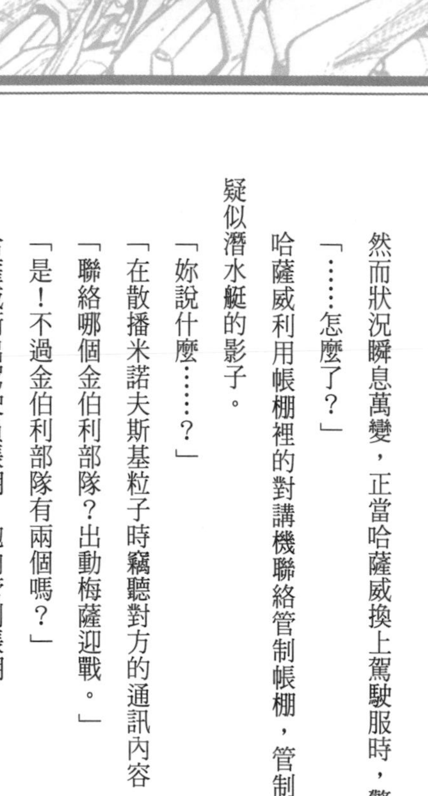

然而狀況瞬息萬變，正當哈薩威換上駕駛服時，警報聲響遍整座乾塢。

「……怎麼了？」

哈薩威利用帳棚裡的對講機聯絡管制帳棚，管制帳棚的米赫莎．漢斯報告附近發現疑似潛水艇的影子。

「妳說什麼……？」

「在散播米諾夫斯基粒子時竊聽對方的通訊內容，似乎正在聯絡金伯利部隊。」

「聯絡哪個金伯利部隊？出動梅薩迎戰。」

「是！不過金伯利部隊有兩個嗎？」

哈薩威衝出駕駛員帳棚，跑向管制帳棚。

「現在金伯利部隊一分而二，金伯利．海曼本人已出動前往奧恩培利。」

「啊啊，對了，剛才伊拉姆說過……不好意思。」

米赫莎把手伸到胸口按住麥克風。

「梅薩3號機的芬瑟，出動！蓋爾瑟森協助支援！」

『了解！麻煩了。』

米赫莎的聲音甜美，具備鼓舞男人士氣的威力。

「接著是4號機！高爾夫！」

『拜託了！』

哈薩威從管制帳棚後方的窗戶，看到梅薩穿過構成乾塢天花板的椰子林而去。

「蓋爾瑟森也快點出動！」

『好的……！』

米赫莎呼叫兩架蓋爾瑟森。

「……肯尼斯雖然幫自己的部隊取了喀耳刻部隊這個新名稱，不過我認為海軍這邊應該還沒有接獲通知。」

「原來如此……所以？」

哈薩威沒有回答米赫莎的問題，反而詢問潛水艇發出的通訊內容。

「是的，他們向基地詢問，覺得你們搭乘的噴射機降落水面是什麼狀況。」

只靠米諾夫斯基粒子無法完全干擾所有通訊電波，米赫莎表示如果只是要聯絡大堡，應該還是辦得到。

「這種事還是第一次，大堡沒有配備潛水艇吧？」

「應該沒有……好個肯尼斯，一到任似乎就做了許多調度，真是大意不得。」

哈薩威重新回想起肯尼斯那張看起來有點得意的臉。

「昨天以及今天，自稱馬法提第一軍的部隊從奧恩培利對馬法提發出『請來掩護我們』的請求。」

「真是的……」

「據說金伯利部隊的十幾架古斯塔夫・卡爾攻擊行動波及城鎮……」

「真是的……他們完全沒有自覺會妨礙我們呢。」

「可是夸克將軍……」

「我聽說了，將軍人在哪裡？」

「在海椰子樹。」

加上「樹」的話，就是指另外一個據點。而哈薩威還不知道那個據點的確切位置。

「了解。記得告知我戰果。我會讓推進機床出動。」

「好……」

哈薩威準備轉身，但又回過來抱著米赫莎的肩膀——

「謝謝妳，之前應該很危險吧？有沒有弄痛身體？」

「多謝關心，只是有點小感冒。」

「畢竟你們跳海了……真的很抱歉。」

哈薩威輕輕吻了一下米赫莎皮膚有點粗糙的臉頰，再次道謝。

＊　＊　＊

「我們最晚出發的時間是多久？」

「如果凱薩利亞從大堡基地起飛是四十分鐘，若是奧恩培利要兩小時……」

哈薩威鑽進蓋爾瑟森1號機，向正在利用儀表版調整電腦數據的雷蒙德詢問蓋爾瑟森的發動時間。

「這樣啊……我們的滯空時間非常有限呢。」

「該怎麼辦……」

慢一拍進來的愛梅拉達已經換上駕駛服。

「距離接觸降落的鋼彈只剩下一小時。」

「是嗎……這麼一來真的只能空中接收了……應該不可能去救援加烏曼了吧？」

海岸線方向傳來「轟！」的低沉爆炸聲響。

哈薩威拿起儀表版上的麥克風，詢問米赫莎潛水艇的現況。

「……解決了嗎？」

『不確定。』

「從空中看不出來嗎？」

『再等一下。』

「記得繼續竊聽無線通訊。」

『是！』

哈薩威不禁感到著急。但他也下定決心，即使大堡那邊真的發動攻擊，也必須等到最後一刻再出動蓋爾瑟森。

推進機床上的蓋爾瑟森1號機只能在預定對接時間的前後十分鐘維持滯空狀態。

「……雷蒙德，愛梅拉達，可以吧？」

「這也是沒辦法……」

愛梅拉達眨了一下眼之後笑了。

20

追捕時刻

「……就是這個，一度回到港灣又掉頭的遊艇。如果能追蹤這艘遊艇就好……」

年輕情報軍官在顯示器上展示來自港灣局的船舶出入表，並且向肯尼斯報告。

「警方那邊的情報呢？」

「還沒收到……」

「催促港灣局跟海軍，無論多麼小的動靜都要呈報。我們這邊人手不足，叫他們幫點忙。」

情報軍官彷彿在回應這個命令，這才開始催促部下行動。這些人顯然搞不清楚自己這麼做的用意為何。

「……大堡署長打來了？轉過來！……我是肯尼斯，喀耳刻部隊的肯尼斯司令。你不知道我是誰？我還來不及打招呼，今天早上馬法提就發動攻擊，跟金伯利有沒有通知你無關，事實上我現在就在金伯利部隊的駐紮地。聽好了，如果你不接受我的請求，我就會像馬法提那樣轟炸！啥啊？轟炸哪裡？當然是你所在的警署！」

『肯尼斯上校，我有透過官報得知您的名字。不過請您明白，不管是公務員還是軍人，我們地球聯邦政府都有應該遵守的節制。像上校這樣蠻橫的做法，就算能幫的忙我們也幫不了了喔。』

肯尼斯打斷警署署長的發言——

「聽好了，我會派新型ＭＳ過去。」

肯尼斯是認真的。

「如果他道歉，我可以收回命令，但如果是個直到最後都只會講表面話的人，那就炸爛他！」

肯尼斯對著情報軍官怒吼，並發出ＭＳ駕駛員的緊急召集令——

「雖然只是訓練，但你們可以視情況採用對應馬法提時的方法。去大堡警署執行威嚇飛行，視狀況投擲3號炸彈！」

「投擲實彈嗎？」

一名駕駛員忍不住詢問。

「你覺得軍人手上的東西是玩具嗎？這可不是在玩遊戲！」

肯尼斯揮舞馬鞭，出動以佩涅羅珀為中心的六架古斯塔夫・卡爾，以及兩架基座承載機，順便演練編隊飛行。

「哈哈……警察看到ＭＳ可以不靠輔助單獨飛行，似乎很吃驚。」

喀耳刻部隊的管制中心知道大堡警察的反應之後，引起一陣騷動。

「跟他們說這不是威脅，是認真的。」

肯尼斯下令之後，一切就好辦了。

散布在大堡附近的獵人部隊與巡邏部隊接連通知肯尼斯，其中也有報告表示，目擊哈薩威等人搭乘的輕型噴射機。

不過時間已經來到上午五點。

「……也有來自海軍潛水艇的情報。雖然在米諾夫斯基粒子環境下，分析花了不少時間，但似乎在哈馬黑拉島中央的東海岸，捕捉到不明部隊的消息。」

肯尼斯接到這項報告，這才前往監禁俘虜的房間。

「……加烏曼・諾比爾老兄啊……我終於懂嘍。我們也因為可以採用人道做法——不必讓你自白就能解決而感到高興呢。」

「…………嗯？」

「好了，你們到底有多少戰力？雖然透過今天早上的戰鬥大概可以推測，但有件事我不太明白，為什麼是在那裡？」

「我不知道，我只是個區區駕駛員，並不清楚作戰計畫全貌。畢竟要是我知道，在這種狀況下就可能全部招供吧？」

「很有道理，但是馬法提的人很少，你不可能不知……咦……？我想起來了，今天早上見到哈薩威感覺好像很奇怪……？哈薩威是馬法提的什麼人？」

「……就是馬法提。他扮演馬法提。」

「別開玩笑了！如果真是這樣，背後應該另有黑幕！到底是誰！」

「夸克・薩爾瓦。」

「你這傢伙！」

聽到名字氣不過來的肯尼斯反射性賞了加烏曼一拳，把加烏曼連人帶椅打飛出去。

「幹嘛啦……」

「你說是那個庸醫？真虧你敢說背後的黑幕是叫夸克・薩爾瓦這個名字！」

「就是這麼回事啊。比起夸克・薩爾瓦，馬法提・艾林更值得信賴吧。但是我可以再次告訴你，要是我什麼都知道，那可就不妙了。我是真的不知道……」

「那我就把你當成馬法提行刑。」

「請便。誰會相信我是馬法提？沒人會信的……如你所見，我就是典型的底層駕駛員，這個樣子無法取信任何人，在你處刑我的當天，馬法提會在別的地方大肆活躍……不行的啦……這麼做只會讓你的……叫什麼來著？喀耳刻部隊嗎？大名蒙羞啊。」

「少廢話！集結到哈馬黑拉島的戰力頂多只有今天早上那些吧，看我滅了他們。我知道你們沒有多少戰力。」

「那就去做啊。去試試看啊。」

「你！」

肯尼斯高舉馬鞭，賞了加烏曼的臉一鞭。

「唦！」

加烏曼也不甘示弱，一個掃腿絆倒了肯尼斯，但馬上被左右兩邊的士兵壓制。

等到醒來之後，加烏曼發現自己身在奇怪的地方。

「這裡是哪裡……？」

加烏曼手腳都上了銬，還被綁成下巴靠著膝蓋的姿勢。

「如你所見，是ＭＳ的駕駛艙。」

加烏曼的眼前右邊是駕駛座，一位身穿駕駛服的地球聯邦軍駕駛員從椅背另一邊探出頭來。

「……你剛說ＭＳ？」

「是佩涅羅珀。我是雷恩·艾姆中尉，請多指教嘍。」

年輕的駕駛員誠懇地自我介紹。

「這是怎麼回事？我為什麼在這裡？」

「肯尼斯司令說要把你當成人質。也就是說即使獲得情報，若是快失敗時就這樣，把人質抓上來當擋箭牌。」

「你們真夠卑鄙！」

「我不認為。跟馬法提的無差別恐怖攻擊相比，只會犧牲你的性命，傷害算小了。但我不會那麼做，只要是由我駕駛佩涅羅珀作戰，就會保障你的生命安全。」

面露淡淡笑容的雷恩·艾姆彷彿歌唱一般開口。

染滿夕陽色彩的美麗水平線，在加烏曼前方無盡延伸。

21 起飛

潛水艇沉沒了。

畢竟是上個世代的產物，遭到擊沉也是無可奈何。也就是說，配置在南太平洋的海軍還在使用這種有著兩百五十年悠久歷史的老古董。

這艘潛水艇並非持續服役，而是被軍方從封存狀態挖出來，但老古董就是老古董。

兩架梅薩發射的彈藥在潛艇附近爆炸後，導致船身進水無法上浮。

但因為這艘潛艇的關係，哈薩威等人不得不提早十分鐘從海椰子出發。

因為他們透過竊聽電話的報告內容得知，已經有三架凱薩利亞，以及那架能獨自飛行的ＭＳ往這裡襲來。

既然演變成這樣，就不能讓他們看到機體從乾塢出擊。

「……我們會儘量在鋼彈降落的空域滯空，並爭取時間。」

既然雷蒙德．凱恩如此保證，就表示總會有辦法的。

蓋爾瑟森1號機的甲板載著以膠囊包覆的梅薩1號機，從乾塢起飛。

這裡採用噴射引擎機組負責第一階段爬升工作。

又大又長的推進機床負責運送所有機組，以四十度的仰角緩緩離開南海島嶼。

接著前進方向轉向西方，提升高度與速度後，切換為使用第二階段的脈衝引擎。

「我要加速了。然後切換成自動駕駛。」

只要航行速度超過音速，脈衝引擎便能產生巨大推力，讓蓋爾瑟森1號彷彿追著日落陽光般向上爬升。

出動掃蕩潛水艇的梅薩和蓋爾瑟森則先回到乾塢一趟，進行裝備補給作業後，以正在Ξ鋼彈預定降落海域值勤的支援船英勇號為目標出發。

＊　＊　＊

這時，一個看似隕石的物體已經來到馬來半島上空約兩百公里處，一邊因表面與大氣摩擦而融解，一邊持續下降。

融解的覆蓋物裡面，出現一架完全沒有窗戶，功能單純的機體。

這是直接沿用舊時代太空梭的集裝箱，「比薩」。

機首的推進器進行數度調整姿勢的工作後，繼續減速橫越婆羅洲上空。

這架無人搭乘的飛行物體，朝著當初設定的降落地點持續下降。

在推進機床的推動下，蓋爾瑟森載運哈薩威即將搭乘的梅薩1號機，準備前往集裝箱預定降落地點的附近空域。

「……怪了，我以為北方肯定會有東西追過來……」

「……我們可以爬升到多高？」

哈薩威無視雷蒙德的不安提出問題。

「還有五秒吧。高度五萬八千公尺。」

「轉換與集裝箱並進的方位角度。」

「等等，看一下能否修改數據庫……可以……那就改嘍？」

「嗯，拜託了……我移動到梅薩。」

「拜託了……」

雷蒙德獨自留在蓋爾瑟森的駕駛艙，不安地目送哈薩威爬往駕駛艙上方的對接管。

哈薩威抓住對接管內的爬梯向上，鑽進梅薩1號機的駕駛艙。

「狀況如何？」

哈薩威坐到座位上，詢問正在用梅薩的電腦輸入數據的愛梅拉達。

「很麻煩啊。這個程式是哈薩威你寫的嗎？」

「怎麼可能……真的可以嗎？」

「好了。只要雷蒙德沒出錯，接下來就算什麼也不做，也能讓梅薩撞上集裝箱。」

「很夠了……」

哈薩威本想鑽進設置在主座位後方的輔助座位，但空間實在太狹窄，很難入座。

ＭＳ的駕駛艙基本上是單人座。

但為了配備實景顯示器，顯示器與座位之間確實保有可以讓人鑽進去的空間，於是在那裡設置簡易的臨時座位。

哈薩威將操縱梅薩１號機的工作交給愛梅拉達，打算親自進入宇宙降落的集裝箱。

「可是如果喀耳刻部隊掌握我們的動態，已經抵達降落點的英勇號就危險了。」

「這也沒辦法，梅薩應該有辦法防衛。」

哈薩威繫好安全帶，邊確認頭盔邊想起集結在英勇號的同伴臉孔，忍不住嘆息。

「……我會用這次取得的鋼彈打退所有對手。」

「你是說彐鋼彈嗎？期待你的表現了。」

「我是說真的。妳也看見喀耳刻部隊的新型機種，佩涅羅珀了吧？我認為米諾夫斯基推進器把ＭＳ變成能翱翔於天空的戰士。」

「然而你也別忘了，彐鋼彈沒有在地球經歷過實戰測試。」

「這點佩涅羅珀也是一樣，我知道那個駕駛員的特質……」

要說對哈薩威有利的部分，就在這一點。哈薩威深信機械會因為駕駛者不同，發揮出不一樣的性能。

『我們捕捉到集裝箱．比薩了。』

雷蒙德的聲音傳進哈薩威和愛梅拉達的頭盔。

「哪邊！」

「右後方三十度的方位。」

「……哪裡……？哈薩威，是那個。」

哈薩威看向右邊顯示器，愛梅拉達在顯示器上標示出圓圈。

「嗯……我看見了……」

愛梅拉達把顯示器的對比調整成比實景還明顯，可以看到一個點，還能明確看見那個點正在短時間內逐漸接近。

「卸除推進機床！三、二、一！」

機體整體往上彈的感覺傳來，同時機體一邊調整降落角度，一邊持續加速……

「撐得住嗎？」

「不知道……畢竟沒人做過這種傻事……」

哈薩威透過實景顯示器觀察左右兩側——

「愛梅拉達，對周圍狀況執行最後一次偵察。」

「了解……」

在愛梅拉達的操作下，實景顯示器出現複合式螢幕，顯示以梅薩配備的最高倍率望遠鏡拍攝到的畫面。但因為是持續震動的機體所拍攝的畫面，幾乎派不上用場。

當然了，這已經是透過電腦調整，多少降低機體震動造成的模糊的ＣＧ(Computer Graphics)影像，實際上仍因為不是靜止狀態而無法有效運用，這部分只能仰賴駕駛員的直覺。

「……好像有什麼東西在飛？」

哈薩威聽到愛梅拉達的發言，在右下角的方向發現反射夕陽餘暉的物體。

「這個方位確實有問題……是那個嗎……？」

21 起飛

「我想……應該是……」

「會被追上喔。如果集裝箱．比薩如同預定時間降落，反而對他們有利……」

「雷蒙德，拜託支援！敵人來了！」

『在哪邊……』

在三人確認這些事時，已經靠近到可以目視集裝箱．比薩整體輪廓的距離。

「哈薩威……上吧。」

「拜託了……」

「不能自由飛翔真的是惱人啊……喝！」

愛梅拉達應該是將電腦切換成自動吧。梅薩依照數據資料離開蓋爾瑟森的甲板，一口氣接近集裝箱．比薩，然而整個過程劇烈搖晃。

「唔……！這就是個大問題啊！」

畢竟要讓不能在人氣環境快速飛行的ＭＳ接觸以超快速度降落的集裝箱．比薩，這件事本身就很困難。

「可惡——！前進方向有點偏離！」

就連愛梅拉達都不禁哀號。

「從後面靠近！機體有點損傷也沒關係！撞上去！」

「我是這樣打算！」

機體的劇烈晃動當然會造成梅薩前進方向偏移，而更大的問題是很有可能導致機體四分五裂。

再加上若是按照電腦設定的路線前進，他們只有一次機會，無法重來。

雖說集裝箱·比薩預定在海上降落，但既然佩涅羅珀愈來愈近，降落只代表〔三〕鋼彈會被奪走，或者遭到破壞。

「來了……！啟動逆向噴射並且加速！不要靠機體控制！」

「看到了！」

當集裝箱·比薩來到梅薩正後方時，愛梅拉達按照哈薩威的指示，彷彿瞬間墜落一般抓住集裝箱機頭。

碰咚！

梅薩的機械手粗暴打飛集裝箱·比薩的耐熱磁磚，並在機頭外殼敲出一個凹洞。機械手為了找到可以抓住的點，不斷撥弄集裝箱·比薩的機頭，溢出無數碎片。

轟隆……！

梅薩機體彷彿趴在集裝箱上的同時，將集裝箱前方往下壓，導致集裝箱失去平衡。

「沒事吧！」

「不確定，沒有模擬過接下來的狀況。集裝箱上面有艙門，讓它對準我們這邊的駕駛艙門！」

哈薩威解開安全帶，邊讓身體往前傾邊抓住愛梅拉達的腳踝。

「知道是知道，可是一直左右搖晃……」

「機體沒辦法……一直撐下去喔……」

就在此時。

碰——！

光束步槍的火光劃過兩人眼前，威嚇兩人。

「…………唔！」

「來了。」

「對準艙門！」

「我在做了，但要是集裝箱出事，你過去就死定了。」

「沒這麼容易死。」

「好了……打開艙門！」

哈薩威鑽過從梅薩的艙門延伸的管道，滑到集裝箱前方。

那裡雖然是操控區塊，但只稍微保留人工駕駛測試用的設備，除了半數失去功能的控制盤還在發光之外，沒有任何設備能用。

然而鑽過破損外殼吹拂的猛烈氣壓，捲起了少數的設備。

如果被這些設備打到，將會破壞駕駛服的氣密功能，甚至砍斷手腳。

哈薩威以緊急管道當成擋箭牌，沿著地板爬行，移動到連接後段座艙的艙門前方。

打開艙門後，是與操控區塊不同的安靜貨櫃甲板。哈薩威關上艙門，防止操控區的碎片飛進來。

「愛梅拉達，妳可以離開了。我已經來到Ξ鋼彈旁邊。」

只有這句話是透過無線電聯絡。

『那我走了。喀耳刻部隊的ＭＳ來了！』

整架集裝箱「咚！」往上浮，哈薩威抓著牆壁避免身體浮空。

減輕重量的集裝箱整個往上飄，哈薩威的身體承受著彷彿要將他往下壓的作用力。

看來愛梅拉達的梅薩離開集裝箱了。

21 起飛

「嗚……！」

哈薩威忍受這股作用力，等待恢復之後伸手抓在新型ＭＳΞ鋼彈頭部，爬了上去。

「唔……！」

哈薩威沿著鋼彈的臉爬到胸口，前往駕駛艙門。

這架機體是由哈薩威親手打造，他很清處一切細節。利用固定機體的連接零件支撐身體，將鑰匙插進Ξ鋼彈艙門的鎖孔。

「好……」

哈薩威鑽進駕駛艙，心想還好有事先設想各種狀況。

這麼一來即使集裝箱．比薩墜海，Ξ鋼彈也能保護哈薩威。

「……好了，雖然不確定現在出去好不好……」

哈薩威打開電源，啟動主動力，在等待螢幕亮起的時間確認控制面板與顯示器的狀況。就他所見沒有異常。

「獨自從月球來到這裡，真是辛苦了……」

哈薩威將駕駛服固定在座位上，確認駕駛服沒有異常，透過系統監視面板檢查機體狀態。

這段時間主引擎逐漸暖機，但哈薩威決做好覺悟，高度大概已經離海面不遠。

「………唔！」

哈薩威將實景顯示器切換到一般模式，提升主引擎的運轉到臨界點。

轟隆！

接近直接命中的震動來襲，單邊的顯示器亮了起來。

「中彈了……！」

就在哈薩威設定電腦的戰鬥數據庫為地球作戰的時候。

「………嗯！」

他知道既然還有意識，那就還沒死。

但是無法判斷貨櫃艙門遭到破壞的下一秒，自己與Ξ鋼彈將處於何種情境。說不定會在這個瞬間死亡。

哈薩威當然不想遭遇這麼愚蠢的狀況，但他也清楚人往往死在愚蠢的狀況。

戰場的真理就是只要做好準備，死神便不會找上門來。

22 對決

碰！

哈薩威透過頭盔的耳機，聽到Ξ鋼彈機體外部的聲音。接著看到於眼前拓展開來的夜空。

集裝箱甲板的艙門炸飛了。

「…………」

就在哈薩威因為自己的感受遲鈍到跟不上戰鬥速度而咋舌時，腳下一陣閃光撼動駕駛艙。

血液離開頭部，使得他眼前一片蒼白，意識不清。

「…………唔！」

這架機體的球形駕駛艙採用磁浮方式懸浮，加上核心與座椅之間的連接部位也設有三道避震器支撐。

即使如此，仍然承受如此強烈的衝擊，應該是集裝箱．比薩的化學燃料爆炸所致。

哈薩威等待意識恢復之時，一股強烈的怒氣油然而生。

〈太遲鈍了！是琪琪的影響嗎？〉

怒氣的對象是自己。

即使哈薩威眼前一片黑，然而一切看起來有如靜止不動，這是因為諸多異常與哈薩威的怒氣混合在一起，化為現實逼近哈薩威。

「…………唔！」

暴力的光線竄過哈薩威視野右上角，在一片黑的眼界映成了兩條光芒。

哈薩威正對著海面。

「啐！」

哈薩威知道自己駕駛的ＭＳΞ鋼彈正在對抗重力。

但控制機體的電腦仍在運作，讓集裝箱．比薩一個翻滾準備攀升。

哈薩威看到黑暗後的些許微光流逝，接著捕捉到星星的光芒。

「…………嗯？」

哈薩威儘管透過右下角的複合式控制面板，得知機體正在重力環境採取直立姿勢，卻覺得重力這股理應微弱的力量竟是如此沉重。

在月球進行測試飛行，想起在太空中的感覺之後，哈薩威覺得在地球上的飛行基本就是與重力的對抗。

「轟炸機嗎？」

哈薩威放大左邊空中的影子，為之愕然。

彷彿是要轟走哈薩威這樣的念頭，一道光線從那道影子射來，擦過Ξ鋼彈。

MEGA粒子砲的閃光來到極近位置，龐大的光能瞬間照亮駕駛艙，撼動大氣，衝擊震盪整架集裝箱。

一邊感受震盪，還能一邊聽到更尖銳的滋滋聲響，這是光束本身散發的粒子碰撞集裝箱與Ξ鋼彈產生的聲音。

這樣的撞擊造成的損傷雖然只是小洞，但偶爾會造成致命傷。

幸運的是在大氣層環境之下，粒子會嚴重減速，無法在鋼彈的裝甲上挖個洞。

「…………唔！」

哈薩威檢視Ξ鋼彈的所有配備，儘管有點擔心重量問題，仍決定讓鋼彈脫離集裝箱．比薩的連接埠。

「上吧！」

哈薩威認為直線逼近的後方噴嘴光芒明顯具備充分的力量。他知道自己的意志正受到那道光吸引，並提高了鋼彈的推力。

這是讓核融合爐運轉到極限的加速動作。

然後是「碰轟！」一聲。

閃光瞬間籠罩集裝箱．比薩，看起來有如把影子也融化了。

轟隆——！

撼動大氣的閃光強震動愈發強烈，並讓鋼彈脫離集裝箱．比薩。

「總會有辦法的！」

哈薩威對著自己如此大喊，並以Z字形左右移動，藉以躲開直衝過來的影子使出的攻擊。哈薩威的Ξ鋼彈朝著方才ＭＥＧＡ粒子砲射線相反方向爬升。

有如輕型飛機的飛行動作，看起來甚至像是遙控飛機。

＊　＊　＊

「躲開了？它躲開了？」

雷恩．艾姆的哀號聽在加烏曼耳裡，感覺甚是痛快。

「馬法提也是有能力得到新型機的。」

「那是配備米諾夫斯基推進器的機型嗎？」

加烏曼的嗤笑聲雖讓雷恩找回冷靜，但聲音仍明顯帶著怒氣。

「看也知道吧。我是不清楚。我也是因為看到你這架機體，才第一次見識到米諾夫斯基推進器的飛行。」

「那不是你們馬法提弄來的嗎？還說什麼不知道！」

「就說為了保密，我們都不會知道所有事。」

「胡說八道！」

雷恩．艾姆讓駕駛的ＭＳ佩涅羅珀迴旋，急忙向上爬升。因為從下降中的集裝箱．比薩裡衝出來的ミ鋼彈，爬升速度快到令雷恩不禁倒抽一口氣。

「不要急著追上去！會被鎖定！」

這下輪到加烏曼急了。

除非對手是個大白痴，不然這樣直接追上去只會遭到對方狙擊。

「你瞧不起我！」

「你的追蹤太單純了，我可不想跟你一起死！」

「才不會死！」

「再這樣下去我們會被幹掉。」

「別小看我！」

「我沒有小看你，只是在陳述事實。」

咚轟！比佩涅羅珀更細的ＭＥＧＡ粒子砲光束打在極近距離。

「唔……！」

雷恩．艾姆彷彿掉頭一般躲開。

「小意思！」

這句話讓加烏曼感到無力。這個名叫雷恩的年輕人以為是自己成功躲過，然而並非如此，而是哈薩威那一槍完全只是牽制。

「看清楚了，接下來會從左邊或是右邊來襲！」

因為加烏曼坐在設置在支撐雷恩座椅支架的輔助座位，所以承受的衝擊格外強烈，他必須拚命保護自己。

「往右飛！」

雷恩採取的行動彷彿遵從了加烏曼的指示，但他並非有意為之。

下一秒，ＭＥＧＡ粒子砲的的光束落在佩涅羅珀原本所在的位置，有如火熱鐵水形成的瀑布。

駕駛艙被光束照得火紅。

「就這麼往上攀升！」

「我知道！」

佩涅羅珀一口氣加速，支撐加烏曼的座位椅背嘎吱作響。

彷彿在呼應於高度八千公尺附近展開的戰鬥，六架古斯塔夫．卡爾離開以分散隊形從高空接近的三架凱薩利亞，朝著高空的Ξ鋼彈衝刺而去。

從他們的角度來看，鋼彈發射的火熱ＭＥＧＡ粒子砲閃光，反而成為絕佳的指引。

然而這個狀況跟飛蛾撲火沒什麼兩樣。

古斯塔夫．卡爾不同於佩涅羅珀，並非配備米諾夫斯基推進器的機體，只能做到維持緩緩下降的飛行狀態。也就是說頂多只能完成一到兩次的打帶跑攻擊。

「………唔！」

哈薩威總算找回試飛時的感覺時，古斯塔夫．卡爾擊出的交叉火網迎面襲來，但他並不驚慌。

「我是馬法提．艾林！我不打算無故殺害各位！警告各位切勿接觸本機！」

哈薩威駕駛鋼彈重覆上上下下的動作，並將廣播對準地球聯邦軍使用的無線電波頻段如此宣告。

即使是在米諾夫斯基粒子干擾的環境下，如此近距離應該還是接收得到，所以哈薩威不會接受對方沒有聽到的說詞。

就在這段時間，幾道光束劃過鋼彈附近，哈薩威宣告完畢之後，鎖定了一架古斯塔夫．卡爾。

「抱歉，既然不聽勸，就吃點苦頭吧！」

哈薩威無視飛越左右兩邊的砲火，瞄準該架機體的甲板，以配備在鋼彈右邊機械手的光束步槍開火。Ξ鋼彈發射的圓形火光與過去的光束步槍相比，有著近兩倍的初速。火球瞬間「轟！」炸開，哈薩威輕易擊落一架聯邦ＭＳ。

「…………唔！」

哈薩威接著以超過墜落的速度往下衝，穿越雲層。

雷恩的佩涅羅珀雖然一開始就鎖定哈薩威，卻因為僚機古斯塔夫・卡爾擺出陣型，變得不得不繞道去找哈薩威。

哈薩威利用這個機會瞄準基座承載機凱薩利亞，並在計算氣壓變動對發射光束的影響之後，扣下扳機。

下方再次冒出火球。

雲層反射火光，照亮四周的雲朵。

若不是下方有像凱薩利亞這樣的基座承載機待命，只能持續降低高度的古斯塔夫・卡爾的行動十分受限。哈薩威已經擊墜一架MS代步的基座承載機。

要是沒有輔助飛行的基座承載機，並未配備米諾夫斯基推進器的MS在海上就沒有落足點用來重新起跳。因此擊落一架凱薩利亞，就等於擊落三架古斯塔夫・卡爾。

幾架古斯塔夫・卡爾明顯為之動搖，為了尋找能安全撤退的方式，露出打算離開戰鬥空域的態度。

「……下一個呢……？」

哈薩威的戰鬥直覺開始活躍，他知道雷恩・艾姆駕駛的佩涅羅珀正在接近。

「…………唔！」

哈薩威舉起配備在鋼彈左邊機械手的盾牌，同時ＭＥＧＡ粒子砲的光束命中盾牌。

咚轟！

盾牌燃燒，融化的金屬粒子和強化塑膠的纖維化為火熱絲線散播在大氣裡。

哈薩威迎接這股衝擊，並將機體轉向下方。

「來了嗎！」

哈薩威在空氣因為光束與盾牌燃燒的衝擊而升溫的另一側，看到佩涅羅珀的身影。

哈薩威反射性用配備盾牌的機械手拿出光束軍刀。

『……這個混蛋！』

雷恩怒氣沖沖的聲音衝擊哈薩威耳朵。

『……竟然拿出佩涅羅珀的複製品嗎！』

聲音來源是機體接觸時才能使用的接觸通話，這就代表對方ＭＳ接觸了鋼彈的某個部位。

但在光束命中之後，哈薩威並未感受到相應的衝擊。

「開什麼玩笑！」

哈薩威反射性吼了回去，揮動鋼彈的左機械手。

同時操作鋼彈往後退。

螢幕左邊劃過光束軍刀揮舞的曲線，並顯示與某物體接觸的資訊，但並非致命傷。

在顫動的大氣之中，可以看見外型如刺蝟一般尖銳的ＭＳ——佩涅羅珀的身影。

『……快退後！會被幹掉！』

『閉嘴，駕駛……！』

這句話的後半雖沒能傳到哈薩威耳裡，但是前一句話的聲音他不可能聽錯。

「……加烏曼？」

哈薩威冒出想要鎖定敵方ＭＳ的衝動。

他斷斷續續發射光束步槍，揮動光束軍刀，並驅策機體左右移動後往上衝。

接著用無線電呼叫。

「加烏曼！回答我！你是背叛了還是被抓來當擋箭牌！」

哈薩威希望剛才只是自己幻聽。

加烏曼聽起來不像在妨礙雷恩駕駛，哈薩威也不認為他會背叛。之所以這麼說，是為了牽制敵方駕駛。

雲層瞬間流逝，已經可以在雲層另一邊看到追上來的佩涅羅珀整體細節。

『……什麼擋箭牌！你以為我是會拿你的夥伴當擋箭牌的人嗎！』

這個反應令人有些難以置信，哈薩威不禁為此怒氣沖沖的反應而傻眼。

「那就放了他。要不然誰會相信你的說詞！卑鄙小人！」

哈薩威用鋼彈的光束軍刀砍過去，恫嚇對方。

嗡！

佩涅羅珀也用光束軍刀還擊。

『別管我！儘管打爛這架新型機。』

在光束軍刀互砍時，聽到遠處傳來加烏曼大喊的聲音。

「佩涅羅珀的駕駛員雷恩！不靠人質就無法作戰，真是沒用的傢伙！」

『你知道我的名字？』

「靠臉吃飯的男人就只有這點程度啊。」

『還你啊！我只是遵從上校的命令讓他共乘，就算沒有這傢伙，佩涅羅珀也能勝過你！』

「你說要還我？」

光束軍刀的光束互相碰撞，干涉的火光引發超音波。這股類似衝擊波的震盪撼動兩架機體。

接著光束軍刀交手了數回合……！

佩涅羅珀在哈薩威反擊之前退開，射了數發光束步槍加以威嚇，並且利用空檔打開駕駛艙。

『沒錯！拿去！』

雷恩·艾姆的聲音傳進哈薩威的耳機。

「什麼？」

哈薩威發現佩涅羅珀正面有些狀況，因此放大實景顯示器。

接著看見小小的光點從佩涅羅珀艙門落下。有人跳下去了？

「加烏曼！」

儘管哈薩威知道這可能是陷阱，仍不得不靠近下墜的光點。

他讓機體轉向朝上，配合人體下墜的速度下降，並且把盾舉在眼前，將光束步槍對準佩涅羅珀。

〈只不過不會有事……〉

哈薩威有信心，那個正直，不懂實戰深奧的年輕人肯定會兌現自己說的話。

他是個好青年。

光點來自加烏曼腰際的手電筒。

他有如跳傘一般張開四肢，藉此穩定姿勢往下墜。

手銬已經解開，這就是雷恩・艾姆這個年輕人乾脆的地方。

哈薩威打開駕駛艙門，風壓「轟！」把他往座椅上按壓。他一邊抵抗風壓，一邊操控左右兩邊的控制桿。

加烏曼身上發出的微弱光線滑過〈Ξ〉鋼彈上方，哈薩威打開鋼彈的探照燈，利用燈光照亮加烏曼。

只是這麼一來，他將成為左右兩邊ＭＳ的攻擊目標。

「…………唔！」

不出所料，幾條光束劃過上下左右，但這些當然都不是來自佩涅羅珀。

『住手！先別攻擊！』

年輕人的聲音傳進哈薩威耳裡，但哈薩威立刻切斷設定聯邦軍頻段的無線電，因為米諾夫斯基粒子的雜音令人煩躁。

哈薩威看到佩涅羅珀在加烏曼光點另一側左右移動，似乎正在發送牽制僚機的暗號。

儘管感謝雷恩果斷的行動，哈薩威仍不禁心想，如果自己就此被擊墜也隨它去了。

哈薩威的想法是現在遭到擊墜並非運氣，而是因為面對好的對手才能接受。

只不過對手若是稍加成長的雷恩・艾姆會更好。

加烏曼打算把自己固定在鋼彈的探照燈光芒裡，拚命張開四肢維持姿勢。

沒有時間調整相對速度到零。哈薩威驅動機體攀升，看到加烏曼出現在正前方後，更是一口氣加速。

途中將加烏曼固定在艙門中央。

「…………」

加烏曼抽搐的臉一下子逼近，接著往下滑去。

因為Ξ鋼彈是從下往上，致使加烏曼承受的風壓一時紊亂，身體因此大幅度偏離，朝著哈薩威視野下方飛去。

「……加烏曼！」

哈薩威點燃鋼彈肩部的推進器。

加烏曼的身體倏地抬起，飛往哈薩威視野的上方，似乎因此撞到駕駛艙天花板的顯示器。

「………唔！」

哈薩威連忙關上駕駛艙門。

加烏曼的身體沿著左側顯示器表面往下滑，終於落地。

「咕哈！」

加烏曼發出搞不清楚是呻吟還是大笑的聲音。

「……接下來才是地獄喔。」

哈薩威一邊開口，一邊尋找佩涅羅珀。

「看起來是這樣呢……」

加烏曼來到哈薩威座椅後方，跨坐在支撐座椅的支架上，但是沒有東西能協助他固定身體。

要是ＭＳ進行格鬥戰，加烏曼的身體應該會在駕駛艙裡面撞來撞去，很可能因此受到致命傷。

『之所以等待並不是因為同情！而是要讓你澈底理解，你們這種民間團體頂多就是打造複製品。讓你知道我們才是配備米諾夫斯基推進器ＭＳ的始祖！』

雷恩說得慢條斯理，並確認各架凱薩利亞僚機皆往後退。

他相信爭取了這麼多時間，那架不熟悉的ＭＳ應該能夠收容加烏曼，並且重整戰鬥態勢吧。

不需要擔心更多。

至少那可是敵人。

目前應該認為對方火力與佩涅羅珀相當，或者在佩涅羅珀之上。既然是複製品，就要有覺悟對方的性能等同佩涅羅珀，甚至更佳。

雷恩一邊利用螢幕放大功能，在鋼彈的探照燈消失光芒的空域偵察情勢，一邊用佩涅羅珀的光束步槍對準前方。

他還沒使用配備在腰部的飛彈。

哈薩威降低鋼彈的高度，加烏曼因此被往前擠向椅背。

這段時間加烏曼勉強面對駕駛座椅背，用三條安全帶把自己固定。

「我想一口氣解決。雖然不確定能否做到……」

「試試看吧。」

加烏曼跨坐在支撐座椅的懸臂，忍受身體要被壓扁的感覺低聲說道。

哈薩威聽到加烏曼的聲音從身後傳來，看見佩涅羅珀的閃光軌跡。

「來了……！」

哈薩威邊降低高度邊維持後退的姿勢加速。高度已經降至三百公尺。

「唔……！」

他不得不忽視加烏曼的呻吟。

佩涅羅珀的軌跡有一部分光亮迅速膨漲。鋼彈更進一步加速。

咻咻——！幾道飛彈閃光襲來，縱向往下追逐鋼彈。

鋼彈持續下降，來到離海面不到一百公尺的位置，仍呈現上仰姿勢。

「好快！」

雷恩因為一口氣加速，所以知道自己快速往下降，過不了幾秒就會衝撞海面。因此只有再一次攻擊機會，否則只能重走偵察然後攻擊的流程。

這樣很麻煩。

一旦戰鬥時間拖長，便會難以預測之後的局面。戰鬥的鐵則之一就是儘量避免狀況生變，一口氣解決。

飛彈衝撞海面，揚起一道道白色水柱。

雷恩看到敵方ＭＳ的後方噴嘴在稍微前面的位置閃耀光芒，同時閃光還畫出一道白線。敵方ＭＳ貼近海面飛行，在海面揚起水花。

「也太笨了吧！」

這樣一來雷恩很容易瞄準，他認為只要一發光束步槍就可以解決。

雷恩一邊大喊痛快，一邊用光束步槍的槍口對準白線前端——當然是在預測對方行進路線的前提，準備扣下扳機。

然而這時敵方ＭＳ突然加快速度。

光亮看起來更加往前。

這道光像是從敵方ＭＳ後方噴嘴的光亮分岔，海面反射了這道前進的光芒。

敵人似乎還不死心，掙扎著想躲開攻擊。

「…………唔！」

雷恩一方面相信自己不會讓對方逃走，另一方面也因為對方的加速而動搖，仍連續發射光束步槍。他肯定自己能收拾對方。

光束步槍的光束化為波浪線條追著敵方光芒的動作，刷地爆發變成火球。雖然只有小小一圈，但肯定是爆炸產生的光亮。

但是雷恩・艾姆完全不知道之後的狀況是怎麼回事。

總之不知為何，當敵方MS出現在佩涅羅珀的相對位置時，已經賞給佩涅羅珀數發飛彈，並且成功往後撤。

「唔……！」

雷恩不知道原因。

即使盡其所能，也只能拿起盾牌保護駕駛艙。

巨響，陣陣閃光，劇烈搖晃。

等到一切平息下來時，雷恩身處於黑暗之中，劇烈的搖晃在黑暗中襲擊他。

「……怎麼了？怎麼了？」

雷恩不知道自己花了多少時間才醒過來，但是因為全身撞擊帶來的疼痛，感謝還活著的自己。沒錯，感謝自己。

不是感謝運氣或是神，這就是雷恩。

理解現況的雷恩摸索腰帶的開關，打開駕駛服頭盔的燈光。

眼前只有損壞的實景顯示器呈現一片黑，控制面板看起來沒有恢復的跡象。

「我輸了嗎……還以為收拾對方了……」

雷恩並不後悔，只是想要推論為什麼會變成這樣，任憑佩涅羅珀浮在海面漂蕩。

從目前的方向感來看，眼前的駕駛艙門應該朝著下方。

「我瞄準的不是ＭＳ……不然是什麼……？然後那架沒見過的ＭＳ利用這個空檔接近，使用飛彈攻擊……」

雷恩用力甩頭，接著確認駕駛艙狀況，腳踩著艙門這一面，檢查駕駛服的生命維持裝置是否正常。

拿出海上求生用具準備打開艙門，但是自動門功能沒有運作。

「啐！」

之後雷恩嘗試以手動方式開啟艙門，依然還是失敗，最後被迫只能炸開艙門，離開駕駛艙。

佩涅羅珀張開緊急安全氣囊，藉此漂浮在海面上，雷恩爬出機體背部等待救援。

這是雷恩・艾姆的第二次實戰的下場。

＊　＊　＊

Ξ鋼彈載著哈薩威與加烏曼離開戰鬥空域，維持低空飛行接觸支援船英勇號，由支援船收容Ξ鋼彈。

「光束步槍呢？」

機械技師馬克西米利安．尼古拉一臉訝異地看向哈薩威。

「用來當成誘餌，代替鋼彈引誘佩涅羅珀攻擊。如果不能做到打帶跑就死定了，哈薩威隨機應變的能力真厲害。」

加烏曼一邊伸展總算可以自由活動的身體，一邊說明。

「他是怎麼做到的？」

「只是用光束步槍開了幾槍之後扔出去。因為緊貼海面，反射光導致看起來很大，當敵人瞄準那邊時，哈薩威便靠過去用飛彈集中攻擊，但我不認為那樣可以擊墜。」

「喔喔……這確實是個好點子。」

愛梅拉達甩甩頭，面帶笑容加以稱讚。她對待雷蒙德總是很寬容，儘管認同哈薩威的實力，對待他時仍以姊姊自居。

「如果身體沒問題，就要直接出發前往偵察奧恩培利的狀況嘍。明白嗎？」

「當然……船長也是這麼打算，只能請馬克西米利安加把勁了。」

伊拉姆．馬薩姆一臉好不容易回收鋼彈，覺得現在不需要再多說什麼的表情，然而馬克西米利安並非如此。

為了接下來的作戰，他必須儘快修好哈薩威的Ξ鋼彈。

「麥斯的工作有問題就是了。」

愛梅拉達前往自己的梅薩，凱莉亞．迪斯剛好從艦橋的梯子走下來。

「啊啊……凱莉亞來會合啦。」

「是啊，比起從太空回來，從香港過來還是比較容易啊。」

原本為了接應哈薩威而前往香港待命的凱莉亞，是名讓人覺得所謂的「可愛笑容」這個說法就是為了她而存在的人。

年齡應該與哈薩威相當。

雖然頭髮很短，背影看起來仍不至於誤會是男人。

「……集裝箱．比薩運送來的補給物資只收回一半，其他都沉了。」

「這樣啊……因為愛梅拉達毀了比薩的前端啊。」

「是哈薩威說可以這樣做的吧？」

凱莉亞用檔案夾當成掩護，偷偷把機能飲品遞給哈薩威。

「謝謝。莫非沒有備用的光束步槍嗎？」

「你覺得呢？」

凱莉亞露出惡作劇的表情時，通常代表心情很好，同時也是隱瞞情緒的時候。

哈薩威邊喝機能飲品邊開口——

「凱莉亞總是這樣……」

心想她到底在想些什麼。

「……去奧恩培利偵察是無所謂，但不能小看金伯利部隊的戰力喔。」

「將軍是怎麼說的？」

「你是指預定繼續執行的部分吧。看他們安排遞補上來的內政長官就能知道，地球聯邦政府壓根兒沒有改革的意思。」

「不過感覺再過不久，所有宇宙居民都會對地球聯邦政府施壓……」

凱莉亞先用肩膀頂了一下哈薩威，靠著扶手。

「…………嗯？」

「那個女孩叫琪琪．安塔露茜雅嗎？很有趣吧？」

「……唔？是個奇怪的女孩子……」

哈薩威在凱莉亞的笑容背後，感覺到女性特有的芳香，因此想要抽身。這裡也有主動對哈薩威示好的女性，不得不說是哈薩威失策。

「……你想起葵絲．帕拉亞了吧？」

「別說了。」

哈薩威打算轉身背對凱莉亞，不過凱莉亞的肩膀用力頂著哈薩威的背。

「話說到底，你就是多情啊……」

凱莉亞彷彿要咬住哈薩威的耳垂，在哈薩威耳邊如此說道。

＊　＊　＊

「雷恩平安無事嗎？」

「嗯，從機體損傷程度來看，他能生還簡直是奇蹟。這也是因為琪琪妳在這裡的關

係。我的直覺沒有錯，妳是幸運女神。」

「是嗎？我不這麼覺得就是……」

「妳能夠活下來也證明了妳的運氣絕佳。我想要就這點賭一把……」

「不過我也有我的安排，再過幾天就要去香港了。」

「這點沒問題。我會在那之前解決奧恩培利那邊的問題。」

「我還要準備搬家……不然對伯爵不好意思……」

「我明白。每個人都有應盡的義務，很麻煩的。」

「沒錯。這算是……義務吧。」

「就當成是為了活下去應盡的義務……這麼說會舒坦一點嗎？」

「我並沒有這麼執著於活下去喔。」

琪琪一邊擔心自己想問哈薩威下落的意圖是否清楚表現在臉上，一邊瞇細眼睛看向夕陽。

《機動戰士鋼彈 閃光的哈薩威（中）》待續。

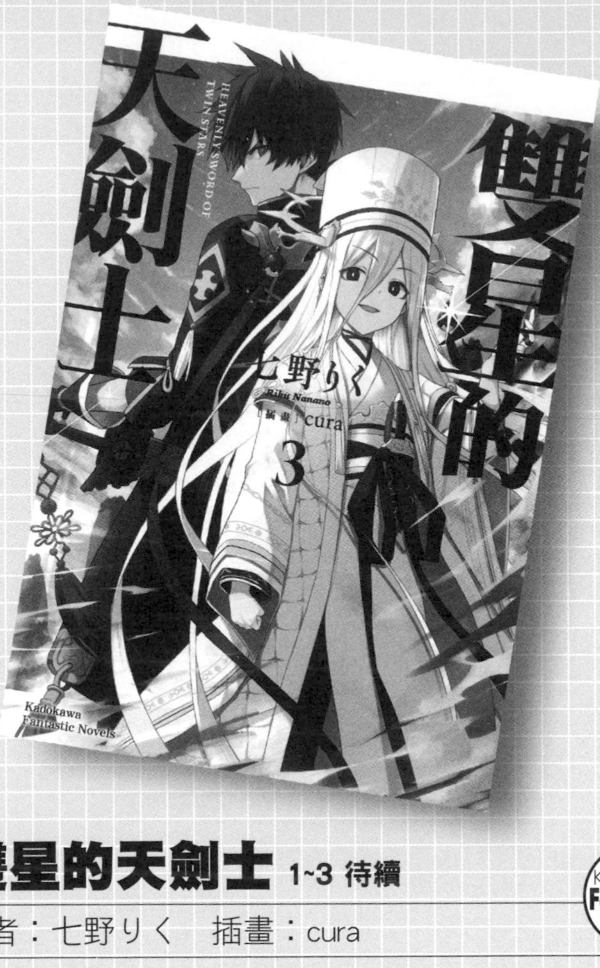

雙星的天劍士 1~3 待續

Kadokawa Fantastic Novels

作者：七野りく　插畫：cura

「持有『天劍』的張家兒女，
我們就在這一仗斬斷彼此的孽緣吧。」

強敵「玄帝國」將在不久後大舉進攻。我軍在神算軍師——瑠璃的幫助下建造出能夠抵禦騎兵的防禦陣地，也有老爹——戰無不勝的名將張泰嵐在，不過……敵國皇帝阿岱打算攻下「榮國」。我們撐過賭上一切的激戰過後，卻發現都城文官中了敵人的圈套——

各 **NT$260/HK$87**

86──不存在的戰區── 1~13 待續

作者：安里アサト　插畫：しらび

尤德伴著千鳥等「小鹿」，
踏上前往舊共和國領土的「最後之旅」──

首都發生自爆恐攻、「軍團」猛烈進攻，加上難民人數暴增，在臆測與猜疑的混亂局勢當中，部分共和國國民在聯邦領土鋌而走險，發起武裝暴動。於前線進行撤退支援任務的機動打擊群也被調動參與鎮壓行動。然而蕾娜依然被扣留於後方，讓辛心煩意亂──

各 **NT$220~280/HK$73~93**

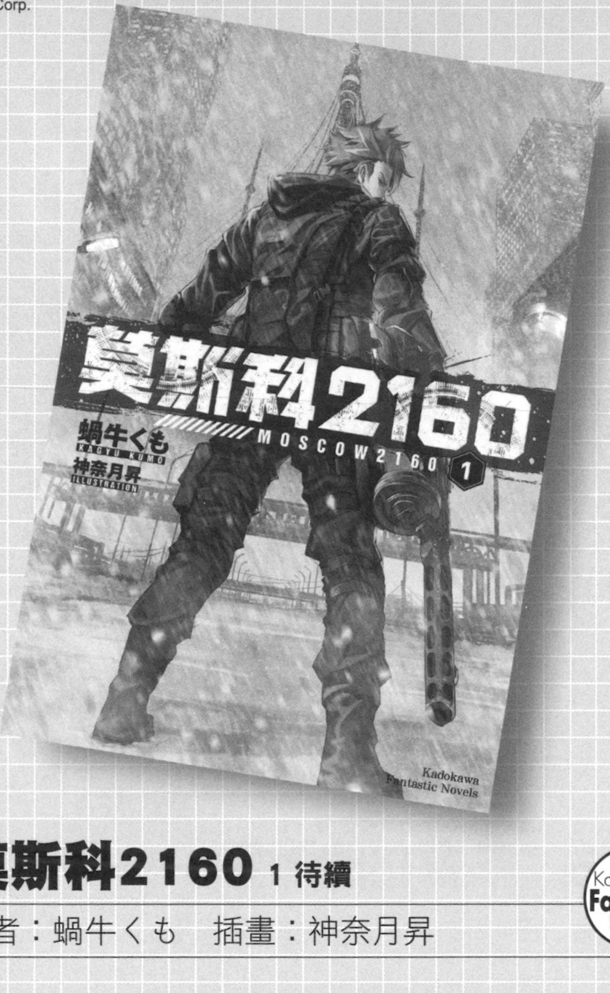

莫斯科2160 1 待續

作者：蝸牛くも　插畫：神奈月昇

《GOBLIN SLAYER! 哥布林殺手》作者蝸牛くも
獻上美蘇冷戰從未結束的近未來賽博龐克！

西元二一六〇年，在美蘇冷戰從未宣告結束的近未來莫斯科。戰後回鄉的生化士兵四處遊蕩，隨時隨地受到監視的城市裡，政府組織、西方諸國間諜與黑幫私底下廝殺不斷。其中也有擔任「清理人」的肉身傭兵丹尼拉．庫拉金手拿衝鋒槍的身影！

NT$240/HK$80

Kadokawa
Fantastic
Novels

機動戰士鋼彈 閃光的哈薩威（上）

（原著名：小説　機動戦士ガンダム　閃光のハサウェイ (上) 新装版）

2024年7月24日　初版第1刷發行

作　者：富野由悠季
插　畫：美樹本晴彥
譯　者：瑪莎大魔

發行人：台灣角川股份有限公司
總　監：呂慧君
總編輯：蔡佩芬
主　編：林秀儒
副主編：楊鎮遠
設計指導：陳晞叡
美術設計：黃永漢
印　務：李明修（主任）、張加恩（主任）、張凱棋、潘尚琪

發行所：台灣角川股份有限公司
地　址：104台北市中山區松江路223號3樓
電　話：（02）2515-3000
傳　真：（02）2515-0033
網　址：www.kadokawa.com.tw
劃撥帳戶：台灣角川股份有限公司
劃撥帳號：19487412
法律顧問：有澤法律事務所
製　版：巨茂科技印刷有限公司
ISBN：978-626-400-220-2